ÉTUDE HISTORIQUE

SUR

TOURNES

ŒUVRE POSTHUME

DE

M. l'Abbé N. HUBIGNON, ancien curé de Tournes

BALAN-SEDAN — IMPRIMERIE OVIDE PRIN

1910

ÉTUDE HISTORIQUE

SUR

TOURNES

—————◆—————

ŒUVRE POSTHUME

DE

M. l'Abbé N. HUBIGNON, ancien curé de Tournes

BALAN-SEDAN — IMPRIMERIE OVIDE PRIN

1910

PRÉFACE

Après tant d'articles historiques, fruits de laborieuses recherches, M. l'abbé Hubignon devait laisser inachevé le travail qui lui tenait le plus à cœur : l'Etude sur sa paroisse.

Suivant sa méthode, il a donné l'Origine de Tournes et la Période historique jusqu'à la Révolution. Il aurait probablement continué, comme dans son *Etude historique sur Lumes*, par les Institutions et un Appendice très chargé.

Dieu l'a arrêté dans sa tâche et la mort est venue le frapper un jour où il avait donné rendez-vous à un ami aux Archives départementales.

Le dossier était encore à la place où il avait l'habitude de le ranger quand il n'a plus reparu dans cette salle des Archives qu'il fréquentait depuis tant d'années.

Le modeste curé de Tournes était un érudit, trop discret parfois, et pour connaître sa pensée, il fallait scruter sa physionomie ; un fin sourire plissant le coin de ses lèvres, faisait comprendre à ses familiers la témérité de leurs assertions.

Aussi généreux que paisible, il faisait avec abnégation l'abandon de ses notes, telle l'Histoire de l'ancienne Chartreuse du Mont-Dieu et bien d'autres ouvrages qui devraient lui être imputés.

Il encourageait les jeunes, leur indiquait les sources, leur prêtait ses services et se réjouissait fort quand ils avaient pu camper un article bien fourni.

Ses manuscrits sont restés aux mains du curé de sa paroisse natale, Neuville-Day, où il avait vu le jour le 17 mars 1841. La famille de Jean-Nicolas Hubignon avait justement disposé de son trésor intellectuel.

Nous payons à notre tour une dette de reconnaissance à ce cher et vénéré ami, en publiant son travail sur Tournes, sans l'augmenter. Heureux si nous pouvons faire revivre sa mémoire auprès de ceux qui l'ont connu.

L'Abbé J. GARDIN.

ÉTUDE HISTORIQUE SUR TOURNES

I. — Origine

Le village de Tournes a toujours fait partie de la prévôté de
Warcq et en a suivi les destinées dans le cours des âges. Au
x⁰ siècle, les comtes de Chiny étaient en possession du domaine
sur lequel fut établie cette prévôté ; ils étaient aussi propriétaires de vastes territoires sur la Semoy, la Chiers et la Meuse.
C'était le temps où les seigneurs transformaient en propriétés
personnelles et familiales les domaines que les rois leur
avaient cédés à titre viager. L'incurie et la mollesse des successeurs de Charlemagne avaient été impuissantes pour empêcher
ces actes de cupidité et de convoitise. Ainsi avaient fait, comme
tant d'autres, les ancêtres des comtes de Chiny. En restant
dans les limites de ce qui nous intéresse, nous les trouvons
établis sur la Meuse, depuis Warcq jusqu'au delà de Givet.
L'un d'eux fit construire une forteresse au confluent de la
Sormonne et de la Meuse pour défendre le passage de la
rivière et protéger la voie romaine qui traversait ses possessions.
Warcq devint ainsi le centre d'un petit état ayant pour l'administrer un châtelain ou gouverneur placé sous la dépendance
du seigneur principal.

Cette mainmise sur les propriétés fut consacrée par le temps
et le domaine de Warcq resta dans la maison de Chiny pendant
plusieurs siècles.

Mais une terre ne vaut que par ce qu'elle rapporte. Pour la
mettre en valeur, il faut des bras qui la cultivent et en tirent,
par le travail, les fruits qu'elle peut porter. Les seigneurs le
savaient et, dans leur désir d'atteindre ce résultat, ils cherchèrent à attirer des colons sur leurs terres en leur offrant des
avantages matériels et en les assurant de leur protection. Le
moyen était bon, car on l'a suivi de tout temps et nous le
voyons encore mis en pratique, de nos jours, pour la coloni-
sation de l'Algérie et de nos autres possessions d'outre-mer.

Chaque colon reçoit une part de terre qu'il devra exploiter et qui lui permettra de vivre avec sa famille. En retour de cette libéralité toute gracieuse, il s'engage à acquitter une légère redevance annuelle, ce sera une minime portion des produits qu'il aura tirés de ses champs ou l'obligation de quelques jours de travail en corvée pendant l'année. Nous avons dit déjà que ce système n'avait rien de blessant pour la dignité humaine, qu'il était en tous points conforme à la justice la plus stricte. C'était un échange de bons procédés entre le seigneur qui fait l'abandon de sa terre et le colon qui lui témoigne sa reconnaissance en acquittant la redevance convenue.

Les agglomérations d'habitants qui couvrent la France n'ont pas eu généralement d'autre origine que celle que nous venons d'indiquer, et c'est ainsi que nos ancêtres sont devenus propriétaires du sol qu'on leur abandonnait pour le cultiver.

Nous pouvons croire que les premiers habitants qui fondèrent le village de Tournes s'y sont établis dans ces conditions. Les comtes de Chiny leur distribuèrent le sol qui leur appartenait, sous la condition de le faire valoir par la culture. Possesseurs du terrain, les colons s'y fixèrent à demeure, y plantèrent leur habitation et construisirent les édifices nécessaires à leur exploitation. Lorsque leur nombre fut assez considérable, ils se réunirent en communauté pour jouir des avantages dont l'isolement les aurait privés ; ce fut dès lors une paroisse ou commune ayant son autonomie personnelle. On peut se demander pourquoi ces premiers habitants ont donné à leur centre de réunion le nom de *Tournes*, en latin *Turna*. Les étymologistes arriveraient sans doute à résoudre ce problème, mais comme, en général, ils s'appuient bien plus sur les fantaisies de leur imagination que sur la réalité, nous ne les suivrons pas dans cette recherche.

A notre connaissance, le nom de Tournes figure pour la première fois, sous sa forme actuelle, dans un titre de l'année 1158. Les circonstances dans lesquelles il se révèle, donnent à croire que le village existait depuis un temps assez long, puisque, à cette date, il formait une paroisse possédant une église et un curé pour la desservir.

En 1129 fut fondée en un lieu appelé Runy, au territoire de Warcq, une maison religieuse en faveur des chanoines réguliers de Prémontré. C'est l'abbaye de Septfontaines qui a subsisté jusqu'à la Révolution et dont on voit encore des restes imposants. Plusieurs propriétaires et seigneurs contribuèrent à la dotation de ce monastère. Leurs libéralités assurèrent l'existence de la communauté et permirent d'élever les édifices nécessaires aux exercices de la vie monastique. On consacra plus de vingt ans à la construction de l'église que l'on voulait belle et somptueuse : l'annaliste la qualifie du nom de basilique. Simon de Mauvoisin, archevêque de Reims, en fit la dédicace sollennelle vers 1155. Cette cérémonie religieuse fut, en ces temps de foi profonde, un événement pour la contrée. Albert, comte de Chiny, y assista avec la comtesse Agnès, son épouse. D'autres personnes de noble condition s'y trouvèrent aussi en grand nombre. On pense que, dans cette circonstance, l'Archevêque, voulant augmenter le temporel du monastère, céda aux religieux les revenus de l'église de Tournes, à la charge d'entretenir un prêtre dans la paroisse pour le service du culte.

Quelques années après, Louis, comte de Chiny, ayant succédé à son père dans l'administration du comté, passa à Septfontaines, en compagnie de Sophie de Bar, son épouse. Il voulut, en souvenir de la bienveillance de ses parents à l'égard des religieux, laisser à ceux-ci un témoignage de son passage et de sa protection. Il approuva et confirma par un acte public toutes les libéralités faites à l'abbaye dans l'étendue de ses domaines. Pour donner une plus grande autorité à sa reconnaissance, le comte la fit contresigner par plusieurs ecclésiastiques et par quelques seigneurs qui se trouvaient présents. Parmi les premiers, on remarque le seing de Roger de Tourne avec ceux du curé de Warcq et du doyen d'Ivois, Hugues et Nicolas de Montcornet ont aussi mis leur signature en qualité de seigneurs voisins.

Les mêmes titres fournissent de précieux renseignements sur la topographie de la contrée et confirment ce que nous avons dit sur l'origine de la plupart de nos villages. Ils nous apprennent qu'au xiie siècle fut fondée une nouvelle commune dans la vallée de This, en un lieu nommé Thoronge, que cette commune reçut le nom de Neuve Ville de Thoronge, que les revenus de son église furent attribués par l'archevêque Renaud à l'abbaye de Septfontaines en 1136. « Nous lui accordons, dit l'acte, « l'autel de Thoronge avec ses dépendances, Neuve Ville et « Ecogne. » C'est apparemment le village de Neuville-les-This ; ce nom lui fut donné, parce que, en le fondant, le comte de Chiny affranchit les habitants et les constitua à l'état de *ville neuve*, comme on disait au moyen âge.

Un historien moderne a cru trouver dans *Thoronge* une corruption du mot *Tournes* et il a identifié ces deux localités. La lecture des textes ne nous a pas permis d'admettre cette identification, malgré tout le respect que nous professons pour l'auteur de cette confusion. Il est dit, dans plusieurs actes qu'il serait facile de rapporter, que Thoronge forme avec Neuville et Ecogne une même paroisse, qu'elle est située sur un ruisseau entre Saint-Marcel et Fagnon, qu'elle touche au Mont Jou, qu'elle s'étend jusqu'au terme de Froidmont. Les indications sont bien précises et ne peuvent en aucun cas convenir au village de Tournes. D'ailleurs, les titres de l'époque donnent à Tournes comme dépendances les hameaux d'Haudrecy et d'Arreux (1).

Nous apprenons aussi comment fut fondé le village de Fagnon. Ce n'était à l'origine que quelques maisons chétives qu'on avait construites dans le voisinage de l'abbaye. Les religieux résolurent d'en faire un centre de population dont la présence devait profiter à leur industrie agricole, en leur procurant des bras pour faire valoir leurs propriétés. Vers 1230, ils appelèrent des colons sur leur domaine, leur distribuèrent des terres à cultiver et leur fournirent des matériaux pour se construire des habitations. C'est ainsi que les ordres religieux ont contribué pour leur part à la prospérité de la nation, car ce qui s'est produit à Fagnon se passait sur tous les points de la France. L'Eglise eût aussi une part prépondérante dans l'émancipation ou l'affranchissement des communes. Ce privilège consacrait le droit attribué aux communautés de choisir dans leur sein des magistrats chargés de veiller aux intérêts communs et de rendre la justice dans les limites de leur territoire. « La création « des villes neuves, dit M. Courajod, fut en grande partie l'œu- « vre de l'Eglise qui se trouva amenée à développer les ins- « tincts de liberté et les manifestations d'esprit démocratique « qui fermentaient dans les populations.

---

(1) Hugo *Annales ord. præmonstratensis.* T. 11, p. 794, et *probationes.*

II. — Période historique

Ce que nous venons de dire témoigne que le village de Tournes remonte pour le moins au xiie siècle, qu'il était alors organisé en commune libre. Nous allons rappeler les événéments notables qui s'y sont passés depuis cette époque et dont l'histoire a conservé le souvenir ; nous utiliserons, pour cette fin, les documents épars que nous avons eu la bonne fortune de recueillir.

Le premier en date est un contrat du mois de mai 1266, qui est conservé aux archives départementales (H. 192). Ce contrat est passé entre les religieux de Septfontaines, à qui la cure de Tournes avait été attribuée, comme nous l'avons dit, et Jean, curé de Tournes et chanoine de Mézières. Les religieux rappellent qu'en vertu de cette concession ils ont droit de percevoir les revenus de la cure, c'est-à-dire deux parts des dîmes grosses et menues d'Haudrecy, deux boisseaux sur neuf des mêmes dîmes d'Arreux, six setiers de blé, seigle et avoine, qu'ils prennent sur les droits de terrage qui appartiennent à Gérard de Tournes, chevalier. L'abbaye jouit encore de douze jours de terre mise en culture sur le ban de Tournes, elle perçoit deux sous de cens sur Tournes et Arreux, elle a deux parts dans les offrandes de l'autel, aux trois bonnes fêtes de Pâques, de la Pentecôte et de Noël, elle a enfin la perception des menues dîmes de Tournes. Les religieux abandonnent libéralement toutes ces redevances à Jean, curé de Tournes, pour ses honoraires des fonctions de curé paroissial. Celui-ci, pour témoigner sa reconnaissance à ses bienfaiteurs, leur fait donation d'une maison qu'il venait de faire construire pour son usage et qui comprenait, outre l'habitation, une grange avec dépendances et pourpris (jardin). Jean se réserve la jouissance de son immeuble pendant sa vie ; pour cette jouissance, il s'engage à payer, chaque année, à la fête de saint Jean-Baptiste, dix livres tournois de bonne et loyale monnaie. Cette maison a dû servir de presbytère jusqu'à la Révolution ; elle était, dit l'acte, contiguë à celle qui appartenait à Goirei *le Vachier*.

Nous voyons, par ce contrat, que la cure de Tournes était encore desservie par un prêtre séculier. C'est seulement en 1287 qu'elle commença à avoir pour curé un religieux de Septfontaines ou moine blanc, qui s'intitulait prieur-curé de Tournes.

Le prêtre Jean, dont il est parlé, était en même temps

chanoine de Mézières. Le chapitre Saint-Pierre de Mézières, fondé en 1176, par Manassès, comte de Rethel, se composait d'un doyen, de douze chanoines et de plusieurs chapelains. Il reste, sur le château, quelques vestiges de l'ancienne église collégiale.

Nous trouvons, dans l'acte précité, la mention du premier seigneur de Tournes, dont le nom nous ait été conservé. C'est Gérard de Tournes, chevalier, qui avait obtenu par inféodation, comme on disait alors, les droits du seigneur primitif sur les revenus des terres cédées aux colons. Les seigneurs suzerains multipliaient ces aliénations de leurs droits afin de se procurer des clients que la reconnaissance enchaînait à leur service.

Dans ces temps éloignés, l'usage des noms de famille était inconnu. Pour spécifier les personnes, on devait ajouter à leur nom de baptême un qualificatif qui permit de les distinguer de celles qui portaient le même prénom.

Les uns étaient désignés par le lieu de leur origine : Jean de Tournes, Pierre de Damouzy ; d'autres prenaient le nom de l'office ou de la profession qu'ils exerçaient : le Prévôt, le Maire, le Maréchal, le Boucher, etc. Ceux-ci prenaient comme surnom un caractère physique propre à la personne : le Grand, le Rouge, le Gros, le Brun, le Doux, etc. ; ceux-là tiraient leur surnom d'une qualité morale : le Sage, le Vaillant, ou d'une infirmité dont ils étaient affligés : le Bègue, le Sourd, le Camus, etc. Quelques-uns, enfin, se désignaient par l'âge : l'Aîné, le Jeune, le Cadet, etc. L'imagination avait multiplié les qualificatifs pour établir quelque distinction qui permit de reconnaître l'individualité propre de chaque personne. Cet usage s'est maintenu jusqu'au xvr^e siècle. Les noms patronymiques ou de famille apparaissent alors généralement et se fixent d'une façon définitive. Pour les former, on s'est servi des qualifications antérieures, ce qui nous a donné les Detourne, les Renwez, les Donchery, les Potier, les Brasseur, les Petit, les Lejeune, les Chevalier, les Dupont, les Vaillant, etc.

Au xiiie siècle, la prévôté de Warcq sortit de la maison de Chiny pour passer dans celle de Looz. Louis IV, dernier comte de Chiny, n'ayant pas de fils pour continuer sa descendance et maintenir son nom, fit épouser à sa fille Jeanne l'héritier du comté de Looz, nommé Arnould. Celui-ci réunit à ses héritages paternels ceux de sa femme et les transmit aux enfants issus de leur union (1226). Le comte Arnould étant mort en 1267, ses descendants se partagèrent ses domaines. La terre de Warcq et ses dépendances échurent à Arnould, prévôt de Cologne et chapelain de Grégoire X, qui mourut évêque de Châlons-sur-Marne en 1309. Sa part de l'héritage paternel fit retour à son frère Henri, qui avait déjà reçu en partage la terre d'Agimont, près de Givet. (*Archives d'Arlon. Fonds 22*).

En 1371, Jacques, fils et héritier du comte Henri d'Agimont, vendit à Louis de Male, comte de Flandre et de Rethel, la prévôté de Warcq avec ses dépendances et dont Tournes faisait toujours partie.

L'acte constatant cette vente était conservé dans les archives du comté de Rethel ; voici l'analyse qui en a été faite au xviie siècle : « 1371. Lettres de Jacques de Loz, sire de Chatel Thierry sur Meuse, par lesquelles il reconnaît avoir vendu au comte de Flandre, duc de Brabant, comte de Nevers et de Rethel, toute la terre de Wart lez Mézières, avec toutes appartenances tant en domaines qu'en ressort, pour le prix de 7.000 florins d'or nommés francs.

« 1371. Mess. Jacques d'Angimont, ch., a reconnu en présence de Geoffroy de Marcou, bailly de Vitry, avoir vendu au comte de Flandre toute la terre de Wart pour le prix de 7.000 florins d'or. (*Marolles. Inventaire des titres de Nevers, 327, 328 et 334*). »

Notre prévôté fut ainsi incorporée au comté de Rethel et en fit partie jusqu'à l'époque de la Révolution. Le village de Tournes se trouva dès lors placé sous la dépendance immédiate des comtes qui y jouiront du haut domaine pendant quatre siècles. Il suivra les destinées de ces seigneurs à quelque famille qu'ils appartiennent, passant de la maison de Flandre dans celles de Bourgogne, de Clèves, de Gonzague et de Mazarin. Ce nouvel état de choses lui apportera des avantages et des inconvénients, ainsi que nous aurons lieu de le constater. Au début, ce sont plutôt des inconvénients qui s'annoncent.

Le xive siècle nous fournit encore un document qui permet de juger de l'importance de notre paroisse à cette époque. C'est l'état des revenus de la cure et la fixation de la quote-part que le curé devait acquitter pour les besoins de l'Etat. Souvent, à la demande des rois, les papes avaient autorisé la levée d'une subvention sur les biens du clergé, tantôt pour les frais d'une croisade, tantôt pour payer les dettes contractées pour des services publics. On donnait à ces subventions le nom de décimes. Comme les besoins qui nécessitaient cette participation de l'Eglise se renouvelaient fréquemment, les levées de décimes pour y faire face devinrent bientôt périodiques et ne tardèrent pas à faire partie des recettes ordinaires de l'Etat ; souvent même il fallut y ajouter des décimes extraordinaires. On suivait, pour leur perception, la règle établie par le Concile de Latran en 1215, c'est-à-dire que tous les clercs devaient payer la vingtième partie de leurs revenus ecclésiastiques. Il était donc nécessaire de connaître le revenu de chaque bénéfice et d'en dresser un rôle officiel. Le plus ancien de ces rôles qui nous soit connu est de l'année 1306. Il porte que la cure de Tournes jouit d'un revenu de 40 livres ; suivant la règle indiquée plus haut, le curé doit être taxé à deux livres. Nous constatons, en effet, au rôle de 1346, que le curé de la paroisse paye 40 sous pour les décimes. De toutes les paroisses qui composent la circonscription actuelle du canton de Renwez, trois seulement accusaient alors un revenu de 40 livres ; les autres avaient un revenu notablement inférieur.

C'est donc bien à tort qu'on ne cesse de répéter que, sous l'ancien régime, le clergé était soustrait aux charges de l'Etat, qu'il était exempt d'impositions. En 1776, le curé de Tournes continuait à payer 56 livres pour les décimes ; la Fabrique, pour un revenu de 200 livres que lui procuraient ses propriétés déjà chargées de fondations, payait 21 livres de décimes chaque année. *(Varin. Archives administratives de Reims)*.

Il ne faut pas juger de la valeur des revenus que nous venons d'énumérer par celle que nous attribuons aujourd'hui à l'argent. Au xive siècle, une livre valait 20 livres de notre monnaie actuelle, c'est-à-dire qu'on pouvait se procurer pour une livre la même quantité de marchandises qui coûtent 20 livres au siècle présent. L'ouvrier gagnait alors 2 ou 3 sous par jour, mais il ne déboursait que 6 sous pour acheter un hectolitre de froment. Une vache se vendait 40 sous, un porc gras 20 sous, un mouton 6 sous, etc. Cette valeur est attribuée à l'argent par les érudits qui ont étudié spécialement les monnaies du moyen âge, tels que Dupré, Leber, Bally, Monteil.

Quelle était la situation des populations à l'époque de notre histoire où nous sommes arrivé. Au xive siècle, le peuple, émancipé par le travail, par l'institution des communes, se livrait sans entrave à la culture de ses champs, à l'exercice de sa profession ou aux trafics de son négoce. La terre, mieux cultivée, fournissait une subsistance assurée pour les années communes ; le voisinage des Flandres, où l'industrie des tissus était en pleine prospérité, donnait un élément au commerce qui faisait ses premiers essais dans nos contrées. Cet heureux état de choses contribua singulièrement à accroître la population. La statistique, qui est une science toute moderne, nous fournit peu de renseignements sur le mouvement des populations au moyen âge. Mais on peut dire qu'au siècle dont nous parlons, la population de la France égalait au moins, si même elle ne dépassait, celle de la France actuelle. C'est la conclusion où étaient arrivés depuis longtemps les savants qui avaient traité cette question d'une manière approximative. Des recherches plus circonscrites, plus approfondies, plus précises, n'ont fait que la confirmer. A cet accroissement de la population correspondait une aisance générale dont notre pays n'a peut-être retrouvé l'équivalent qu'à une époque assez récente. *(Siméon Luce).*

Cette constatation du bien-être dont ont joui nos pères, rendra plus amères les calamités et les ruines dont ils ne tarderont pas à être accablés. Deux fléaux, la guerre et la peste, vont s'abattre sur nos malheureuses contrées ; la guerre, provoquée par les prétentions du roi d'Angleterre à la couronne de France, durera cent ans. Une lettre du prétendant Edouard III nous fait connaître la façon dont ses troupes pratiquaient la guerre à cette époque. Voici les passages les plus saillants de cette missive écrite avec un cynisme qui révolte : « On commença à brûler en Cambresis et brûlèrent toute la semaine suivante, tellement que ce païs est fort nettement détruit comme de blé, bestail et aultres biens... nos gens brulant et détruisant communément en large de douze et quatorze lieues de païs. »

Un chroniqueur contemporain nous prouve que le soudart anglais n'a pas chargé le tableau : « Les Anglois, dit-il, outrageoient les femes mariées et bonnes filles, et aux geusnes enfants coupoient à l'ung un pied, à l'aultre un poing, à l'autre les oreilles, aux autres le nez et à aulcuns crevoient les yeux en disant : c'est pour que il vous souvienne que le roi d'Angleterre et les Anglois ont été en Cambrésis. » *(Bibliothèque de Cambrai. Manuscrit 884).*

En 1340, les troupes du comte de Hainaut, allié des Anglais, viennent saccager Aubenton. Après l'avoir ruiné, elles se dirigent sur Maubert-Fontaine, qu'elles trouvent sans défense, et le livrent aux flammes. Aubigny, Signy, le Chatelet et plus de quarante villages ou hameaux des environs éprouvèrent le même sort.

En 1346, les Anglais, victorieux à Crécy, ravagent toute la Picardie et la Champagne, mettant tout à feu et à sang. L'année suivante, la peste, qui régnait en France et en Angleterre depuis deux ans, se déclara dans nos contrées et décima la population que la guerre et la disette avaient épargnée. Les champs étaient restés sans culture pendant dix-huit ou vingt ans. *(Chronique de Jean Taté)*. Les violences des gens de guerre ont arrêté tous les travaux, l'insécurité des routes empêchent toutes relations entre les survivants de ces calamités. Ainsi, en 1355, Bondel de Conning, seigneur de Montcy-Notre-Dame, s'excuse de ne pouvoir rendre ses devoirs de vassal à Jean de Guignicourt, son suzerain, parce que les guerres qui dévastent le pays ne lui permettent pas de se présenter en personne.

A la fin de l'année 1359, le roi d'Angleterre, suivi d'une armée que les chroniqueurs font monter à 100,000 hommes, vint mettre le siège devant la ville de Reims. Pour entretenir cette nombreuse armée, les coureurs anglais se répandent dans la campagne, rançonnent les habitants et enlèvent toutes les provisions qu'ils peuvent découvrir. « Si chevauchèrent, dit Froissard, les gens dudict roy, à grans routes, pour trouver adventures ; les aucuns par la comté de Rethel jusques à Warck, jusques à Mézières et jusques à Donchery et à Mouson, et logeoient au païs trois jours ou quatre et déroboient tout. » Dans l'une de ces courses, la ville d'Attigny fut pillée et l'ennemi en emporta plus de mille tonneaux de vin. Les Rémois défendirent si vaillamment leur cité que les Anglais furent contraints de se retirer après un siège de six semaines.

Les forces des deux partis étaient épuisées, chacun sentait le besoin de conclure un accommodement. La paix fut signée à Bretigny, en 1360, entre la France et l'Angleterre. Mais cette paix devait être aussi fatale à nos populations qu'avait pu l'être le passage des gens de guerre.

Pour faire la guerre, les rois de France et d'Angleterre ne s'étaient pas contentés de réunir sous leurs drapeaux les troupes nationales, les nobles, les chevaliers, les gens d'armes ; ils avaient encore pris à leur solde des mercenaires organisés en *Grandes Compagnies* et recrutés dans tous les pays. Ces troupes irrégulières n'avaient d'autre métier que celui des armes ; elles vendaient leurs services à celui qui les réclamaient,

guerroyant tantôt pour le roi de France, tantôt pour le roi
d'Angleterre. Lorsque la paix fut conclue et que les armées
furent licenciées, une multitude de soldats vagabonds se trouvèrent sans emploi et privés des subsides qui les faisaient
vivre. Ils se formèrent en bandes sous des chefs habiles et
quelquefois sous des princes et se répandirent dans les contrées
que la guerre avait épargnées. Il est impossible, disent les
chroniqueurs, de peindre la détresse où se trouva la France
ainsi mise à rançon. Qu'on se représente toutes les provinces
envahies successivement par ces bandes de pillards qui enlèvent
ou détruisent tout sur leur passage, incendiant les maisons et
les récoltes, forçant les habitants par d'horribles tortures à
livrer le peu d'argent qu'ils tiennent caché, emmenant les
femmes et les enfants pour les mettre à rançon ou les faire
servir à leurs brutales passions. « Les habitants du plat pays,
lit-on dans une lettre de rémission, sont tellement accablés de
tous côtés qu'ils ne savent à qui se fier ; pour eux, il n'y a plus
ni compassion, ni justice. Leur vie, pendant ces terribles
années, n'est qu'une angoisse continuelle. Traqués comme des
bêtes fauves, ils sont sans cesse sur le qui-vive et ne peuvent
travailler qu'à la dérobée, afin d'avoir de quoi ne pas mourir
de faim. Au moindre signal donné par une sentinelle postée
sur une éminence, ils courent se cacher avec leurs femmes et
leurs enfants dans le creux des rochers, au fond des souterrains
qu'ils ont préparés, parmi les roseaux des marécages ou dans
les plus épais fourrés des bois. » *(Siméon Luce).*

Un de ces chefs de bandes, Eustache d'Auberchicourt,
envahit le comté de Rethel et s'établit dans la fertile vallée de
l'Aisne, à Attigny. Ne pouvant atteindre le comte de Rethel,
qui avait pu lui donner quelques motifs de mécontentement, il
exerçait sa vengeance sur les sujets du comte. Avec un millier
de compagnons dévoués à sa cause, il rançonna le pays pendant
deux ans. Les châteaux qui ne sont pas détruits sont devenus
des refuges pour mettre en dépôt le butin qu'on rapporte des
courses ; tout est de bonne prise, provisions de ménage, vêtements, bestiaux, récoltes, etc. Si le paysan veut rentrer en
possession de son cheval ou de son bœuf, il lui faut indemniser
le ravisseur. Après le pillage, venait ordinairement l'incendie.
On compte un certain nombre de villages ardennais qui furent
détruits à cette époque et n'ont jamais été reconstruits.

Tant de misères devaient entraîner une réaction. On comprend
que le peuple, accablé de maux de toutes sortes et abandonné

sans justice et sans protection, enveloppait dans la même malé-
diction ceux qui le pillaient et ceux qui avaient mission de le
protéger et de le défendre. Exaspéré par ces extorsions et ces
violences, le paysan s'arma de couteaux et de bâtons ferrés,
dit le chroniqueur de Nangis ; il envahit les châteaux, qu'il
pilla, brûla et dont il massacra les habitants, avec la barbarie
d'une multitude aigrie par la misère et par la soif de la
vengeance. Ce soulèvement populaire, qui se manifesta particulièrement dans les contrées voisines, provoqua quelques
tentatives de rebellion dans le comté de Rethel ; elles furent si
promptement réprimées qu'elles ne causèrent de préjudice
notable qu'à leurs auteurs.

Pour purger le pays de la présence des bandes de soldats
indisciplinés et pillards, il fallut composer avec leurs chefs et
se racheter de leurs exactions. Eustache d'Auberchicourt mit la
rançon des forteresses qu'il occupait au prix de 2,500 deniers
d'or au mouton, soit un million et demi de notre monnaie au
cours actuel. Le comte de Rethel fut contraint, pour se procurer
cette somme, de lever une imposition extraordinaire sur les
sujets de son comté. En mai 1360, il donne commission à
Wautier des Mazures, gouverneur du Rethelois, et à Robert de
Soissons, bailli dudit pays, « pour ledit argent apointier sur
tous ceulz de nostre dicte conté... de quelconque estat qu'ils
soient, nobles, non nobles, gens de saincte Eglise, de bonne
ville, de plat pays et autres à cascun sa quantité selon son
estat. » (*Archives du département du Nord, B. 1596*).

Malgré les ordres pressants et plusieurs fois réitérés, on ne
put réunir la somme demandée. Le peuple, outre les pertes maté-
rielles qu'il avait subies, était déjà pressuré d'impositions pour la
rançon du roi et des seigneurs, pour l'entretien des fortifications
de Mézières, de Rethel, de Donchery et des châteaux qui pouvaient résister à l'ennemi.

Un ennemi non moins redoutable que les compagnies de
mercenaires, c'est le froid qui sévit avec une rigueur excessive
pendant l'hiver de l'année 1363-1364. De mémoire d'homme, on
n'avait rien vu de pareil ; l'annaliste de Château-Porcien en a
consigné le lamentable souvenir. Les bestiaux périrent, les
arbres furent gelés, les récoltes anéanties.

Toutes ces calamités qui désolèrent la province pendant plus
d'un quart de siècle, amenèrent deux autres fléaux qui sont les
suites ordinaires de la guerre : la famine et la peste. « En 1348,
« dit la *Chronique de Jean Taté*, la peste arriva qui dépeupla

« presque toute la France, ayant régné pendant trois ans. » Elle sévit de nouveau en 1373. Survint alors une grande, horrible et piteuse maladie dans toute la Champagne; elle ravagea tous nos villages et enleva les deux tiers de la population. *(Froissart)*. L'historien Commines rapporte qu'il est mort en France, de cette maladie, les trois quarts du monde. Ces récits des contemporains n'offrent rien qui doive nous étonner et laisser croire qu'ils sont empreints d'exagération. On sait, en effet, combien cette maladie est contagieuse et avec quelle facilité elle atteint les sujets affaiblis par les privations et les émotions trop vives.

C'est en la compagnie de ces multiples calamités que nos ancêtres ont fini le xivme siècle. Ils ne goûtèrent un peu de repos qu'après que le roi Charles V, par sa sagesse et sa prudence, eût chassé les ennemis du sol de France.

Nos contrées venaient de souffrir cinquante ans de pillage et de ruine, parce que le comte de Rethel n'avait pas cessé d'être dévoué à la cause nationale et de soutenir la couronne de France. Elles vont essuyer encore un demi-siècle de cruelles calamités, parce que leur nouveau comte s'est fait l'allié de l'Angleterre contre la France.

Louis de Mâle, comte de Flandre et de Rethel, était mort le 30 janvier 1383. Ses possessions passèrent à son gendre, Philippe le Hardi qui avait épousé Marguerite, fille unique du dernier comte. Philippe était oncle du roi et possédait déjà le duché de Bourgogne. L'accroissement de ses domaines en fit un prince redoutable et puissant. Pendant les trente années que dura la maladie mentale du roi Charles VI, ses deux oncles, les ducs de Berry et de Bourgogne, se disputèrent l'administration de l'Etat. Bientôt la France se partagea en deux factions ennemies : les Armagnacs qui étaient partisans de la famille d'Orléans à laquelle appartenait le duc de Berry, et les Bourguignons qui suivaient le parti de la famille de Bourgogne. Ces terribles adversaires se firent une guerre d'extermination et de pillage, dont la population des campagnes était toujours la victime la plus éprouvée. Le comté de Rethel suivit naturellement la fortune de son possesseur. Alors, dit dom Lelong, le duc d'Orléans lâcha dans les diocèses de Laon et de Reims, des bandes de partisans qui outrageaient les femmes, égorgeaient les hommes, enfumaient les paysans dans les souterrains qui leur servaient de refuge et mutilaient les bourgeois qu'ils rencontraient sur leur chemin. C'est en vain que les députés du

Vermandois se plaignent que les habitants sont contraints d'abandonner leurs demeures, que le pays est désert, que les gens de guerre pillent les villages, maltraitent les femmes, rançonnent les marchands sur les routes, tuent ceux du parti bourguignon, leur arrachent les yeux ou leur coupent le nez et les oreilles. *(De Barante)*. On ne connaissait plus, à cette époque, les nobles sentiments qui font l'honneur des peuples civilisés, la pitié et le respect de la vie du prochain. Les hommes avaient repris les instincts de barbarie que plusieurs siècles de civilisation avaient assoupis.

En 1411, Clignet de Brabant, destitué par le duc de Bourgogne du titre d'amiral que lui avait accordé le duc d'Orléans, vint ravager les terres du comte de Rethel pour se venger du duc, qui l'avait destitué. A la tête de deux mille routiers armagnacs, il voulut s'emparer de la ville de Rethel pour en faire le centre de ses excursions et le dépôt de ses rapines. Sa tentative échoua, grâce à l'énergie des habitants qui repoussèrent vaillamment l'assaut donné à leur cité. Clignet fut blessé et perdit bon nombre de ses gens. Furieux de cet échec, il abandonne le siège et se retire avec ses morts et ses blessés ; il partage ses troupes en deux corps, dont l'un va ravager le Laonnois, l'autre se répand dans la Tiérache. *(Monstrelet)*. Les chroniques disent que Clignet se fixa à Ham avec les hommes qu'il commandait, et qui emportaient tout le butin dont ils avaient pu se charger et tout le bétail qu'ils pouvaient conduire. Ils emmenaient aussi un grand nombre de prisonniers dont ils espéraient de fortes rançons et, pour se les procurer plus promptement, ils soumettaient ces malheureux à toutes les tortures que pouvait imaginer leur infernale imagination, afin de les contraindre à se faire racheter par leurs parents ou par leurs amis. *(H. Martin)*.

Est-ce Ham-sur-Somme ou Ham-les-Moines qui eut la honte de servir de repaire à cet insigne brigand ? Les historiens attribuent généralement ce triste privilège à Ham-les-Moines. On donne encore le nom d'*Arminaux*, qui est une corruption du mot *Armagnacs*, aux habitants des communes boisées ou situées sur les coteaux dont on croit que ces bandits avaient fait leurs repaires. Telles sont celles de Remilly-les-Pothées, Giraumont, Harcy, Servion, etc. Il est certain que les Arminaux étaient, à cette époque, les maîtres de la contrée que nous occupons et qu'ils la couvrirent de forteresses dont on a retrouvé les traces en maints endroits, à Fligny, à Brognon, à Auvillers, à Léchelle, à Haudrecy, à Aubigny. Ils étaient aussi en possession des châteaux qui existaient alors, soit qu'ils en aient chassé les propriétaires, soit qu'ils aient amené ceux-ci à faire cause commune avec eux. Nous voyons en effet, en 1433, les châtelains de Montcornet, de Montigny et du Châtelet envahir, en compagnie de ces brigands, le pays de Couvin et enlever un nombreux butin. L'évêque de Liège qui était seigneur de Couvin, leur fit payer chèrement cette audacieuse entreprise lorsque, trois ans après, il fit raser les châteaux de Bosneau, d'Aubigny et du Châtelet.

C'est sans doute au séjour des Armagnacs dans nos contrées qu'il faut faire remonter le nom de *Chemin des Arminaux* donné à l'ancienne voie qui mettait Haudrecy en communication avec Saint-Marcel.

Pendant que les partis français se faisaient une guerre acharnée, au grand préjudice des populations laissées sans défense, Henri V, roi d'Angleterre, envahissait la France de nouveau et gagnait la bataille d'Azincourt (1415), où dix mille Français trouvèrent la mort avec l'élite de la noblesse. Sans parler de l'humiliation infligée au patriotisme national par cette désastreuse journée et de l'occupation étrangère qui en fut la conséquence, cette nouvelle invasion des Anglais fut, pour le pays, une source de nombreuses calamités. « Le peuple fut « écrasé sous une taille énorme qui ne sauva pas les campagnes « des déprédations des gens de guerre. Les hommes d'armes « pillaient tout sur leur passage, même les églises ; les paysans « s'enfuyaient dans les bois ; le plat pays subissait d'avance « tous les maux de l'invasion et les peuples ne pouvaient rien « craindre de plus de leurs ennemis que de leurs défenseurs. »

(H. Martin).

Quatre ans après, Henri V prend le titre de roi de France et établit un gouvernement dévoué à sa cause. La Champagne devint une province anglaise ayant pour gouverneur le comte de Salisbury et pour commandant militaire le comte de Suffolck. Toute l'administration est anglaise ; les impôts se lèvent pour le compte de l'étranger, les postes sont organisées en son nom. Toutes les villes fermées, Reims, Château-Porcien, Rethel, Sedan, Beaumont, sont successivement occupées par les Anglais ; quelques seigneurs n'ont pas honte d'abandonner la cause nationale pour suivre le parti de l'usurpateur.

La France tout entière allait passer aux mains des étrangers, lorsque la Providence lui suscita un libérateur en la personne

de Jeanne d'Arc. L'héroïne lorraine sut relever, par les assurances qu'elle puisait dans sa mission providentielle, les
courages abattus et le patriotisme qui allait s'éteindre. En
moins d'un an, elle chassa les Anglais du centre de la France,
fit sacrer à Reims le roi Charles VII et refoula l'ennemi dans
les provinces du Nord. Les princes qui s'étaient faits les alliés
de l'étranger contre leur patrie, sentirent l'ignominie de leur
conduite et se rallièrent au parti de la France. Bientôt les
Anglais n'eurent d'autres auxiliaires que les chefs de bandes
indisciplinées qui vendaient leurs services à celui qui leur
offrait la plus grosse rémunération. Chassés de Paris, où ils
étaient établis depuis dix-huit ans, ils défendirent pied à pied
chacune des forteresses et des villes qu'ils possédaient encore ;
mais ils perdaient chaque jour du terrain et s'affaiblissaient par
leurs divisions intestines. En 1451, les Anglais n'occupaient
plus, en France, que les villes de Guines et Calais. Ainsi finit
la guerre de Cent ans, dont la seconde période ne fut pas moins
désastreuse pour nos contrées que n'avait été la première.

Les chroniques nous ont conservé le triste récit de ces temps
calamiteux. « De Laon à la frontière d'Allemagne, dit Almégard,
« la campagne était absolument déserte, inculte et couverte de
« buissons ; sur cette frontière, il n'était pas demeuré un seul
« colon. »

« Ce siècle, dit l'historien de Château-Porcien, a esté le plus
« malheureux de tous les siècles que l'on ait vus, car la misère
« a esté si grande que jamais on n'en a vue de pareille en France.
« Tous les fléaux de Dieu ont paru en ce siècle : peste, guerre,
« famine. Les terres et vignes estoient presque toutes en friches
« et remplis d'épines et bocquilles, et on n'a pas labouré ni
« ensemencé les terres en France pendant plusieurs années et
« principalement pendant trois années. Ce qui a causé une
« famine si grande, en 1430, que la plupart des hommes sont
« morts de faim et de misère... Toutes terres restant incultes
« pour la plus grande partie, le pays estoit dépeuplé, plusieurs
« villages sont restés sans habitations. Le froment qui, en temps
« ordinaire, valoit trois ou quatre sous le septier (6 à 8 "),
« se vendoit six livres (200 ") le septier, et tous les vivres en
« proportion... Il y avoit si grande quantité de loups, en ce
« temps-là, qu'ils entroient jusque dans les villes et que le roy
« fut obligé de faire des ordonnances aux gens du plat pays pour
« les détruire. » *(Jean Taté).*

Cet état de ruine et de misère n'était pas particulier à notre province ; les autres parties du royaume n'avaient pas été plus épargnées. Nous en avons un témoignage authentique dans une ordonnance royale de 1439. Charles VII, considérant la pauvreté, l'oppression, la destruction de son peuple par les excès des gens de guerre, déclara que son intention était de ne plus tolérer ni souffrir en aucune façon de telles choses, et il rendît une ordonnance, sous forme de loi et d'édit général, pour mettre une discipline rigoureuse dans l'armée. Défense était faite à tous capitaines et gens de guerre, de piller et de détrousser les gens d'église, nobles, marchands, laboureurs ou autres, en leurs habitations ni ailleurs. De prendre aux marchands et laboureurs leurs bœufs, leurs chevaux et toute bête de somme. De détruire ou laisser détruire le blé, le vin et tous vivres quelconques, de couper les blés, de les battre ou de les faire manger en vert aux chevaux. De mettre ou laisser mettre le feu aux récoltes, maisons ou effets de ménage. De démolir les charpentes des maisons pour se chauffer. (*De Barante*).

La nécessité où se trouva le roi de porter ces défenses, sous peine de lèse-majesté, révèle, d'une façon lugubre, les excès auxquels il était urgent de porter remède.

Il eut été pour nous singulièrement instructif d'apprendre ce qui se passa dans notre localité, pendant cette calamiteuse époque. Par malheur, les documents nous manquent. Les rares pièces qui ont été conservées, ne concernent que des maisons religieuses et font partie de leurs archives. Si, malgré les sauvegardes qu'elles avaient obtenues du pouvoir royal, ces maisons n'ont pas été épargnées, on pourra juger de la situation qui était faite à ceux que rien ne protégeait. En 1399, l'abbaye de Notre-Dame de Consolation, établie aux Mazures, est totalement ruinée et ne sera jamais relevée après ce désastre. Ses biens-fonds sont transférés aux religieux d'Elan dont ils deviennent la propriété. *(Deniffe)*.

Les religieux de Signy-l'Abbaye ont dû abandonner leur couvent, pour se retirer dans des maisons de refuge qu'ils s'étaient ménagées dans l'enceinte des villes. « Leurs archives « étaient transportées de lieu à autre à sauveté et refuge pour « le fait des guerres. » En 1433, ils déclarent que « par le « moyen des guerres et divisions qui très longuement ont esté « et encore sont en ce royaume de France dont on ne sait la « fin, leur église soit en si grande ruine et désolation..., que leurs « rentes et revenus ont esté et sont, à l'occasion desdites

« guerres, tant diminués, qu'ils ne pouroient supporter les frais
« qu'il convient faire pour les réparations des maisons, gran-
« ges, cences, etc., qui sont tout en ruyne. » *(Archives des
Ardennes.* H. 205).

En 1488, les religieux de Septfontaines donnant à ferme leur
propriété d'Ecogne à Henri de Laval, seigneur de Glatigny,
laissent au preneur le soin de relever les bâtiments qui sont
tous en ruine. *(Archives des Ardennes.* H. 192).

On comprend que le roi, touché d'une misère si grande et si
générale, ait voulu y remédier. Comme le mal venait en grande
partie des compagnies d'aventuriers et de mercenaires qui
étaient un fléau pour les campagnes et une honte pour l'humanité, Charles VII entreprit d'en purger le sol national ou de les
anéantir. Il en envoya une bonne partie guerroyer en Suisse
pour le compte de l'empereur de l'Allemagne. Arthur de
Richemont, connétable de France, eut charge de mettre les
autres à la raison ; il s'adjoignit le prévôt des maréchaux,
Tristan l'Ermite, qui se montra constamment un justicier froid
et inexorable. A la première accusation d'indiscipline ou de
pillage, le prévot saisissait les coupables, les faisait pendre à
un arbre du chemin ou jeter à la rivière par faisceaux de deux
ou trois. Dans une course en Champagne, Richemont fit prisonniers 3,000 de ces pillards ; il les conduisit à Reims où
tous furent pendus à l'exception d'un seul, qui fut laissé en
vie, à condition qu'il pendrait les autres. La garnison du château de Bosneau eut le même sort lorsqu'elle tomba entre les
mains des troupes de Liège ; les trente et un hommes qui la
composaient périrent par la corde.

Ces exécutions, nécessitées par les circonstances, firent
comprendre aux plus mutins qu'il leur fallait accepter la discipline imposée, ou renoncer à porter les armes. On pouvait
exécuter enfin l'ordonnance de 1439 que les troubles n'avaient
pas permis d'appliquer dans toutes ses parties. En 1445, le roi
réalisa le plan de réformation qu'il avait conçu d'introduire
dans l'armée. Ce fut l'origine des armées permanentes.

On aime à voir les louables efforts que fit le roi Charles VII,
avec l'assentiment des Etats généraux du royaume, pour mettre
la discipline dans l'armée et pour maintenir celle-ci à la discrétion de l'autorité royale. L'armée régulière fut composée de
quinze compagnies d'ordonnances, dont chacune comprenait
six cents hommes sous les ordres d'un capitaine nommé par le
roi. Le chef est responsable de la conduite de ses hommes : il

doit les empêcher, sous peine d'être puni lui-même, de piller ou de maltraiter les gens d'église, les marchands, les laboureurs. Une solde est accordée au soldat pour lui permettre de s'entretenir sans molester les gens des campagnes. Ces troupes furent réparties dans toute la France et en particulier dans les villes frontières où on les maintenait en nombre suffisant pour assurer la sécurité. Il est interdit aux seigneurs de lever des troupes sur leurs domaines ; pour la garde de leurs châteaux, ils pourront entretenir quelques soldats à leurs dépens et ils répondront des excès qu'ils commettraient. On n'aura plus à craindre désormais les hostilités entre seigneurs voisins, dont les populations sans défense faisaient les frais.

Ces sages mesures ramenèrent la sécurité dans le pays et permirent aux rares habitants que les guerres avaient laissés en vie, de relever les ruines accumulées par cent années de pillage et d'anarchie. Combien ce travail de restauration dut être lent et laborieux en raison du petit nombre des habitants et de leur pauvreté. Lorsque la prospérité commença à renaître dans nos bourgades, on songea à se procurer des moyens de défense en prévision de calamités futures. Les malheurs passés prescrivaient de prendre certaines précautions contre le retour de la mauvaise fortune. Les villages qui n'avaient point de maisons fortes pour y chercher un refuge en cas de péril, se créèrent des abris où les habitants se trouveraient en sûreté avec ce qu'ils auraient de plus précieux.

C'est, croyons-nous, à cette époque du XIVme ou XVme siècle que fut construite la tour massive qui sert de porche à l'église de Tournes. Le mode de sa construction, les moyens de défense dont elle est pourvue, ne permettent d'élever aucun doute sur sa destination primitive. Peut-être faisait-elle partie, à l'origine, d'un ensemble de fortification dont le souvenir n'est pas arrivé jusqu'à nous. Elle est certainement antérieure à l'église actuelle qui ne fut édifiée qu'au XVIme siècle et dont les murs ne sont pas liés à ceux de la tour. On pense d'ailleurs, d'après les traces de constructions qui ont été mises à jour dans les terres situées au nord du village, que celui-ci s'étendait autrefois dans cette direction. Après la ruine de leurs habitations par la guerre ou l'incendie, les propriétaires ont dû se rapprocher de l'agglomération actuelle et reconstruire leurs demeures dans le voisinage et sous la protection de la tour. Les événements ne tardèrent pas à justifier ces mesures de préservation.

Nos pères avaient à peine joui de vingt années de calme et

de tranquillité que le fléau de la guerre s'abattit de nouveau sur nos contrées.

En 1477, Maximilien, fils de l'empereur d'Allemagne, avait épousé la duchesse Marie, seule héritière de la puissante maison de Bourgogne. Le roi Louis XI, irrité de cette alliance qui mettait au pouvoir d'un rival toutes les frontières de l'Est et d'une partie du Nord de la France, voulut le dépouiller d'une portion de ses états. Dans ce dessein, il fit occuper par ses troupes la Franche-Comté, le Hainaut et le Brabant ; il suscitait en même temps des troubles dans le pays de Flandre. En représailles, l'archiduc Maximilien pénétra en Ardenne par le Luxembourg et ravagea toute notre contrée, n'épargnant que les villes fortifiées. Quarante villages furent livrés aux flammes dans les environs de Mézières et de Mouzon. Renwez fut presque entièrement détruit, ainsi que l'église avec les meubles des habitants qui s'y étaient réfugiés. Le hameau d'Onchamp eut le même sort. Pendant plusieurs années, nos villages vécurent dans l'anxiété, redoutant le passage d'un ennemi qu'on savait sans pitié. Gratien Daguerre, gouverneur de Mouzon, dut renforcer la garnison de Mézières à l'aide des troupes qu'il fit venir de Rethel et d'Aubenton. Alart Bossu, prévôt de Warc, eut mission de se rendre dans les villages de la prévôté et dans la terre des Pothées pour approvisionner de vivres les soldats de la garnison et les paysans qui s'étaient réfugiés à Mézières. La tranquillité ne reparut qu'en 1482, au moment où Maximilien, ayant épuisé ses dernières ressources, se reconnut incapable de continuer la lutte. Celle-ci sera reprise trente ans plus tard par Charles-Quint, petit-fils de Maximilien, et elle durera deux cents ans. Elle débuta par nos Ardennes, où eurent lieu plusieurs sièges mémorables, celui de Mézières notamment.

Le vieil empereur d'Allemagne, Maximilien, étant mort en 1519, la couronne impériale était vacante et soumise à l'élection, selon les lois de l'empire. François Ier, roi de France, et Charles-Quint, roi d'Espagne et souverain des Pays-Bas (Belgique), convoitaient cette succession et intriguaient pour gagner les suffrages des électeurs. Ceux-ci donnèrent la préférence à Charles-Quint. François Ier ne lui pardonna pas plus de l'avoir emporté sur lui, que Charles n'oublia que le roi de France avait été son compétiteur. La rivalité d'un jour fit naître entre ces deux monarques une haine de toute la vie et qui devint séculaire pour leurs successeurs.

Une cause en apparence bien légère mit aux prises les deux

puissants adversaires. En 1521, Robert, prince de Sedan, qui avait favorisé l'élection de Charles-Quint à l'empire, eut des motifs légitimes de se plaindre de son protégé. Comptant sur l'appui et les secours du roi de France, il osa déclarer et faire la guerre à l'empereur. Cet acte chevaleresque, malgré sa témérité, fut chèrement expié par le prince sedanais ; il perdit successivement la plupart de ses possessions et déchaîna dans nos Ardennes les horreurs de l'invasion. L'ennemi s'était emparé de la ville de Mouzon, après un siège de trois jours et marchait sur Sedan. Robert obtint une trève de six semaines et s'offrit de remettre Sedan et Donchery à la discrétion de l'empereur si la ville de Mézières tombait au pouvoir des troupes impériales. Toute la contrée était à la veille de passer sous la domination de l'étranger lorsque Mézières, par son héroïque résistance, sauva la situation et arrêta l'envahissement de la Champagne tout entière. (*Arch. de Mézières. A. A. 12*).

Le chevalier Bayard s'était jeté dans la place avec quelques capitaines animés d'une égale bravoure et d'un même patriotisme. Il prit ses mesures avec tant de célérité, que la ville était en état de défense lorsque l'ennemi parut sous ses murs. Pour approvisionner la cité et fournir aux besoins des habitants et des défenseurs de la place, il fallut faire des réquisitions de vivres et de fourrages dans les prévotés de Mézières, Warc, Brieulles, Omont et Bourcq. De son côté, l'armée assiégeante forte de 60,000 hommes, suivant le témoignage du grand maître de l'artillerie ennemie, vivait à discrétion sur le pays ; elle se composait d'Allemands, de Liégeois, de Brabançons, de Namurois et d'Hennuyers (gens du Hainaut). On comprend sans peine tout ce que nos villages eurent à souffrir de cet importun voisinage ; la disette ne tarda pas à sévir avec les maladies qui forment son cortège habituel. Le pain qui valait ordinairement trois ou quatre deniers la livre, se vendait alors vingt-deux deniers.

L'armée impériale, après un mois de siège, avait perdu tout espoir de s'emparer de la place ; elle prit le parti de se retirer. Les mauvais temps et les maladies lui avaient enlevé trois mille hommes. Elle embarqua son artillerie sur la Meuse à destination de Namur et, après avoir mis le feu au camp qu'elle avait établi sur la colline de Bertaucourt, elle se dirigea vers la Picardie. « Le comte de Nassau, dit Martin du Bellay, leva « son camp et, afin de n'estre suivy ny empesché, print son « chemin le long des bois, tirant le chemin de Montcornet, en

« Ardennes, de Maubert-Fontaine et d'Aubenton, pour aller
« droit à Vervins et à Guise, et partout faisait mettre le feu.
« Après avoir mis à sac la villette d'Aubenton, ils meirent au
« fil de l'espée toutes gens indifféremment, de tous sexes, de
« tous aages, avecques une cruauté insigne. »

Il est probable que les Impériaux passèrent la Meuse entre
Montcy et Aiglemont. Ils incendièrent à Etion, la cense Pierson
Péchenart, à Houldizy, celle de Jean Poncelet, à Tournes, la
grange de Jean Maréchal. Ils ravagèrent également Montcornet,
Murtin, dont ils détruisirent le château, Rouvroy, Aubigny,
L'Echelle, Maubert-Fontaine, La Neuville dont l'église fut
brûlée, Rumigny, Tarzy, etc. *(Laurent, Var. ardennaises)*.

Le roi François Ier était à Rethel avec un corps de troupes
qu'il amenait au secours de Bayard, lorsqu'il apprit la levée du
siège. Il en informa aussitôt Louise de Savoie, sa mère, en
l'invitant à remercier Dieu « qui s'est montré bon Français. »
Trois jours après, il entrait à Mézières, allait voir Bayard dans
son camp pour le féliciter et le récompenser en lui confiant le
commandement d'une compagnie de cent lances.

On poursuivit en vain les Impériaux parce qu'ils avaient
trop d'avance, dit le P. Daniel, et ils eurent tout le loisir
d exercer leurs cruautés et leurs violences sur leur passage.

L'héroïsme des défenseurs de Mézières sauva la France de
l,invasion. Les troupes ennemies qui occupaient Mouzon depuis
deux mois, abandonnèrent la ville avec précipitation et se
hâtèrent de repasser la frontière à l'approche d'une armée
française envoyée contre elles.

Les populations de l'Ardenne ont conservé, comme les citadins de Mézières, un culte touchant à la mémoire du chevalier
sans peur et sans reproche. Pendant trois siècles, la ville a fêté,
par des cérémonies religieuses et patriotiques, l'anniversaire
de sa délivrance, le 27 septembre. La statue qu'elle a élevée,
ces derniers temps, à son défenseur, est un hommage rendu à la
bravoure militaire du héros et un souvenir qui rappellera aux
générations futures ce que peut le patriotisme appuyé sur la foi.

Nos contrées avaient éprouvé de grande pertes pendant le
siège de Mézières et par la retraite de l'armée ennemie et,
comme un fléau ne va jamais seul, la disette et les maladies
vinrent mettre le comble à la désolation. « Le peuple, outre les
« maux que produit une sanglante et opiniastre guerre, fut affligé
« de peste et de cherté de vivres si grande par toute la Cham-
« pagne, qu'une infinité de pauvres mourut de malefaim. Robert

« de Lenoncourt, archevesque de Reims, nourrissoit tous les
« jours trois cens pauvres en son hostel, remettant gratuitement
« les dettes à ceux qui n'avoient de quoy payer... La terre des
« Potés, limitrophe du païs ennemy et appartenant à la cathé-
« drale, avoit esté saccagée ». (*Marlot*).

La peste avait fait son apparition à Mézières et dans les localités voisines dès l'année 1517. Elle exerça ses ravages pendant
dix ans. En 1527, elle sévissait à Tournes, à Haudrecy, à Renwez, à Maubert, etc. (*Arch. de Mézières, AA, 12*).

Il ne faut pas croire cependant qu'on ne prit aucune mesure
pour empêcher le fléau de se propager. Les mesures prescrites,
à cette occasion, par les échevins de Mézières ne seraient pas
désavouées par nos hygiénistes modernes. Il était défendu, sous
peine de cent sous d'amende, à tous bourgeois, hôteliers et
taverniers de la ville et des faubourgs de loger ou recevoir en
leurs maisons ou hôtels toute personne venant des lieux où
régnait l'épidémie. Il est enjoint à ceux qui ont la garde des
portes de la ville de ne laisser entrer aucun voyageur qui aurait
passé par les lieux contaminés ; ils doivent prendre à ce sujet
les plus minutieuses informations, sous peine d'une amende de
dix sous. Il est ordonné à ceux qui font le métier de revendeurs,
sous peine d'une amende de vingt sous et de la privation de
leur office, de mettre en vente toute espèce de vêtements, literies
ou linges s'ils ne produisent une valable attestation indiquant
que ces objets proviennent de maisons où il n'y a pas de malades.

Mais si la garde qui veille au palais des rois, ne peut empêcher la mort d'y entrer, il arrivait parfois que le fléau forçait
la consigne et faisait des victimes parmi les habitants de la
ville. La vigilance des échevins avait pris des mesures contre
ces surprises. Toute personne atteinte de la peste devait rester
isolée dans sa demeure ou dans des refuges établis en dehors
de la ville, elle était entretenue des deniers publics si elle se
trouvait sans ressources. Les maisons où s'étaient produits des
cas de maladies étaient fermées et marquées d'un signe particulier à l'extérieur. Lorsqu'elles étaient de peu de valeur, on les
faisait démolir ; dans le cas contraire, on ne devait les habiter
de nouveau qu'après avoir pris certaines précautions pour les
purifier, comme de les blanchir à la chaux, de refaire les tor-
chis et pavés, de les enfumer en y brûlant des plantes aroma-
tiques. (*Arch. de Mézières, CC, 33-34*).

Il est curieux de constater qu'après quatre siècles de soi-disant progrès, la médecine ne peut opposer à la peste que les mêmes moyens prophylactiques : l'isolement et la désinfection·

Le fléau sévit dans toute la contrée, car l'annaliste de Mouzon rapporte qu'en 1523 la peste fit d'horribles ravages dans la ville : deux mille deux cents habitants y périrent, parmi lesquels on compte huit religieux de l'abbaye. *(Lecuy)*.

En 1535, François Ier parcourut la Champagne et vint dans nos Ardennes pour activer les mesures de défense qu'il était urgent de prendre en vue de garantir la frontière contre les invasions des troupes impériales. A plusieurs reprises, l'armée espagnole partie de Namur avait remonté la Meuse et porté le fer et le feu dans les villages limitrophes ; elle avait incendié Braux en 1528. Le roi était à Mézières le 10 août et donnait des prescriptions pour étendre et accroître les fortifications de la ville. Il y revint dix ans plus tard (1545), en compagnie du dauphin, son fils. Il se rendit ensuite à Montcornet pour visiter le château et le faire mettre en état de défense ; le lendemain, il alla à Aubigny, où le dauphin vint le rejoindre. Poursuivant son inspection, il se dirigea vers Notre-Dame de Liesse et Follembray, dont il avait fait bâtir le château. Le roi fit réparer et augmenter les fortifications de ces diverses places et trouvant qu'il y avait un grand pays ouvert entre La Capelle et Mézières, il ordonna qu'on fît une forteresse au-dessus du village de Maubert-Fontaine. C'est à cet ordre royal que la ville de Rocroy doit son origine.

Martin du Bellay, seigneur de Langey, gouverneur de Mézières et lieutenant du roi en Champagne, fut chargé, comme il nous l'apprend lui-même, « de visiter la frontière depuis « Vervins jusque Coiffy (Haute-Marne) et de faire rapport des « lieux plus nécessaires de fortifier pour empêcher l'entrée de « l'ennemy. » Le lieutenant de Champagne ayant rapporté au roi « qu'il estoit besoing de fortifier une place entre La Capelle « et Mézières, d'autant qu'il y avoit un grand pays ouvert, « François Ier ordonna que la fortification se feroit au-dessus « d'un village nommé Maubert-Fontaine, à sept lieues de Vervins « et cinq lieues de Mézières, à la saillie des bois ». *(Mém. de du Bellay)*.

Maubert-Fontaine était déjà, à cette époque, pourvu de remparts et possédait une petite garnison. Pour compléter ce système de défense sur la frontière, toutes nos églises devinrent de petites forteresses où les habitants pouvaient se réfugier avec ce qu'ils avaient de plus précieux, dans les fréquentes alertes qui troublaient leur tranquillité. Le rez-de-chaussée servait à abriter les animaux domestiques et les meubles ; les habitants se réfugiaient dans les combles d'où ils lançaient sur l'ennemi toutes sortes de projectiles quand il s'approchait des portes ou des fenêtres pour les enfoncer ou les escalader. Aussi pour réduire et soumettre ceux qui y avaient cherché refuge, les agresseurs n'avaient ordinairement d'autre moyen que d'y mettre le feu.

C'est à cette époque que fut construite l'église actuelle de Tournes et nous voyons qu'elle fut protégée par des appareils de défense qui existent encore. Les murs n'ont pas moins d'un mètre d'épaisseur ; ils sont percés, sur toutes les faces, de deux rangs de meurtrières par lesquelles on pouvait tirer sur l'ennemi dans toutes les directions. Les ouvertures, portes et fenêtres, sont surmontées de machicoulis qui en défendaient l'approche en permettant de lancer des projectiles ou de verser des liquides bouillants sur ceux qui tenteraient de les assaillir ou de les escalader. Un puits, dont l'orifice est aujourd'hui caché par les marbres d'une nef latérale, fournissait l'eau nécessaire aux différents besoins lorsqu'il fallait chercher un refuge dans l'édifice sacré. Au sommet de la tour, se trouvait une loge pour abriter un guetteur chargé de surveiller la venue de l'ennemi et de sonner l'alarme. L'approche de l'église était en outre protégée par des ouvrages extérieurs ; on sait par la tradition que les murs du cimetière étaient crénelés et servaient de première défense. Voici, sur ce sujet, les renseignements que M. d'Argy, maire de Tournes, donnait à la préfecture en 1820 : « Les murs « du cimetière qui entourent l'église en carré long, sont percés « par plusieurs *crénaux*; d'après les renseignements des anciens « du lieu, il y avait à chaque angle de ces murs une petite tour. « On y voit encore la forme d'une. Il y a une petite place au-« dessous du cimetière qui porte le nom de tourelles, qui signi-« fie petites tours » *(Arch. des Ardennes, F. 6).*

Les églises de Cliron, Renwez, Remilly, Saint-Marcel, Laval, Chilly, etc., offrent encore à l'admiration de l'archéologue les mêmes moyens de défense. Les anciennes églises d'Étion, Damouzy et Blombay étaient pourvues d'un pareil ensemble de protection. Les événements se chargeaient de justifier l'opportunité de ces mesures de sécurité. Les troupes espagnoles se tenaient sur la frontière qu'elles franchissaient fréquemment pour faire irruption dans nos villages et s'y livrer au pillage. Elles trouvaient, il faut bien l'avouer, des complices cupides parmi les Français. On connaît la conduite déloyale que manifesta, dans ces temps, Jean d'Apremont, seigneur de Lumes, qui vendit ses services au roi d'Espagne et accueillit une garnison étrangère dans son château. Pendant près de vingt ans, il servit l'empereur contre la France, sa patrie, pillant les populations sans défense et rançonnant sans pitié les infortunés paysans. Sa forteresse était, comme celle de Linchamp, un repaire de soudards étrangers à tout sentiment d'honneur et d'humanité. Lorsque les Français s'emparèrent du château de Lumes en 1552, ils y trouvèrent pour plus de 60.000 écus de butin ; soixante chariots le transportèrent à Sedan en une nuit. *(Mém. de Vieilleville)*. Les plaintes qui furent adressées au roi contre ces actes de brigandage, nous apprennent que l'évaluation donnée par le chroniqueur ne saurait être exagérée. Ainsi, dans une course faite le 23 septembre 1544, les gens du sieur de Lumes, avaient pillé les villages de Fagnon, Warnécourt, Evigny, Champigneul, Mondigny et La Francheville, enlevant près de deux mille têtes de bétail, chevaux, bœufs, moutons et porcs, après avoir maltraité ou mis à mort plusieurs personnes. « Pareillement emmenèrent plusieurs prisonniers, les aucuns « desquels paièrent rançon et les autres demeurèrent prison- « niers par deffault de la payer. » Ces pillages sans merci se renouvelaient depuis des années.

C'est pendant l'une de ces expéditions que se produisit près de nous un fait d'armes que François de Rabutin rapporte dans ses Mémoires : « M. de Nevers, partant d'Attigny, retourna au « Chêne le Populeux, où luy furent apportées les nouvelles par « le seigneur Jacques Marie, mareschal des logis de la compa- « gnie de M. de Chastillon, comme par ladite compagnie, à la « conduite du seigneur de Luzarche, qui en est lieutenant « avoient esté desfaits quatre cens Bourguignons, desquels « estoient capitaines un nommé Belhomme et un autre parent « ou allié du sieur de Lumes qui y demeura prisonnier. Cette « desfaite fut exécutée près de Montcornet ès Ardennes et y « restèrent tuez à la furie de sept à huit vingts (140 à 160) hommes, « le reste mis et chassé à vau de route, et trente ou quarante « amenez prisonniers ; des nostres, peu ou point en demeura « tuez : vray est qu'aucuns gentilshommes y furent blessez. » *(Mém. de Fr. de Rabutin. Ad annum 1551)*. On pense que ce combat fut livré au lieu nommé *les Effalouages*, près de Montcornet.

Le temps était venu où tous ces brigandages allaient prendre fin. En 1552, l'armée française qui venait de faire la conquête des trois évêchés Metz, Toul et Verdun et de les unir à la France, rentrait par le Luxembourg. Le maréchal de Vieilleville en détacha quelques compagnies de cavalerie et vingt-cinq gentilshommes avec lesquels il vint sommer le capitaine de Lumes de rendre son château. Le rebelle, pris de peur, livra son manoir qui fut confisqué avec tous ses biens. Ce fut un grand soulagement pour nos populations. Le château de Linchamp eut le même sort dans la même année.

Tous ces faits indiquent que la tranquillité ne régnait point dans nos contrées et que nos ancêtres ne pouvaient se livrer avec sûreté à leurs paisibles travaux. Tantôt l'armée espagnole entrait en France, par quelque passage de la frontière, incendiait plusieurs villages et se retirait en emportant le produit de ses pillages ; tantôt les troupes françaises, commandées par Bourdillon, gouverneur de Mézières, envahissaient les Ardennes belges et portaient le ravage et la ruine sur une étendue de douze ou quinze lieues.

En 1554, Henri II, roi de France, voulant profiter des avantages et des succès qu'il avait obtenus contre Charles-Quint, résolut d'assurer nos frontières contre les incursions de l'étranger et de ruiner les maisons fortes qui servaient de refuge aux ennemis de la patrie. Deux armées parties de points différents devaient se réunir à Givet pour joindre leurs forces en vue d'un effort commun. François de Clèves, comte de Rethel, eut le commandement de l'une de ces armées. Il partit de Mézières, prit sa route par la Meuse et détruisit toutes les forteresses qu'il rencontra sur la rive droite. Cette campagne avait encore un autre but ; on voulait s'assurer le temps de terminer, sans être inquiété, les fortications commencées à Maubert-Fontaine et à Rocry. (*Mémoires de Fr. de Rabutin*).

Le but désiré fut atteint, mais il imposa de grands sacrifices à nos populations. Comme il fallait prévoir un retour de fortune qui pouvait se produire, aux hasards de la guerre, on prit les moyens nécessaires de priver l'ennemi des ressources qu'il trouverait dans le pays dans le cas où il serait vainqueur. Pendant trois ans, nos cultivateurs eurent l'ordre de battre leurs grains aussitôt la récolte faite et de les conduire en lieu sûr à Mézières. Ils devaient aussi tenir leurs fourrages en dehors des habitations, afin de les incendier si un revers de fortune permettait aux troupes ennemies d'entrer en France. (*Arch. de Mézières, C. c. 37*).

Tous ces soucis étaient encore aggravés par les troubles qui se produisirent dans les saisons. « L'année 1555 fut humide et « pluvieuse, n'y eut été ny hyver, l'on vendangea à la saint « Martin. L'année 1556 fut chaude, depuis le caresme jusques « à l'hyver il ne plut aucunement, tout fut roty, l'on vendangea « au commencement d'Aoust. » (*Pierre Cocquault*).

Lorsque la paix fut conclue en 1559, les habitants de nos villages en accueillirent l'annonce avec une satisfaction d'autant plus grande qu'ils avaient souffert davantage. Ils la manifestèrent par les feux de joie qu'ils s'empressèrent d'allumer dans toutes les communes. Malheureusement, cette joie n'eut qu'une durée éphémère, elle fut comme sans lendemain. Bientôt commencèrent les guerres de religion qui se sont continuées pendant trente ans. Notre bourgade de Tournes en a été victime dès le début.

L'hérésie protestante, qui prit naissance en Allemagne avec le moine apostat Luther, s'y était propagée avec une étonnante rapidité. Les princes allemands l'avaient adoptée avec empressement, parce qu'elle favorisait leur cupidité en les autorisant à s'emparer des biens ecclésiastiques ; elle flattait leur passions, en proclamant légitimes les désordres moraux que la loi de Dieu a formellement condamnés. De telles leçons, soutenues par de tels exemples, trouvèrent une entrée facile dans l'esprit des peuples. La secte, si favorable aux inclinations corrompues du cœur humain, se répandit dans toutes les provinces de l'Allemagne.

En France, l'hérésie rencontra plus d'obstacles à sa diffusion. Les monarques français s'engageaient par serment, au jour de leur sacre, à défendre l'église catholique ; François Iᵉʳ et Henri II, fidèles à leur serment, firent des ordonnances très sévères pour empêcher la propagation de l'erreur. Les adeptes que les nouvelles doctrines ont pu recruter, se tiennent à l'écart et exercent leur culte dans des lieux cachés aux regards des profanes.

A l'avènement de Charles IX au trône de France, les protestants se comptent ; ils ont à leur tête plusieurs princes et quelques personnages qui se distinguent par leur bravoure et leur savoir. Croyant avoir facilement raison d'un roi mineur, sous la tutelle d'une étrangère qui a importé en France les mœurs et les maximes de l'Italie, ils somment le jeune roi de supprimer ce qu'ils appellent les monuments de l'idolâtrie catholique, en substituant le protestantisme à l'antique religion de nos pères. Leurs prétentions n'étant pas acceptées, ils prennent les armes

pour les imposer par la force; leurs violences provoquèrent
une guerre civile qui couvrit la France de ruines et de sang.
C'est alors qu'apparaît, dans nos contrées, un personnage qui y
joua un rôle néfaste, Antoine de Croy, prince de Porcien et
baron de Montcornet, dont il nous faut dévoiler les exploits
sanguinaires, puisqu'ils appartiennent à l'histoire.

La famille de Croy est originaire de Flandre ; elle occupe
une place très honorable dans les annales de cette province,
ainsi que dans l'histoire de l'Europe. Elle a, en effet, produit deux
cardinaux, cinq évêques, un maréchal de France, six chevaliers
du Saint-Esprit, vingt-huit chevaliers de la Toison d'Or, un
premier ministre d'Espagne, plusieurs maréchaux de l'Empire,
un gouverneur des Pays-Bas, sept généraux de l'armée française, treize généraux des armées bourguignonnes et espagnoles,
un généralissime en Russie, etc. Ceux de ses membres qui nous
concernent, paraissent dans nos Ardennes au xvme siècle. En
1438, Antoine de Croy achète du duc d'Orléans la principauté
de Château-Porcien avec ses dépendances. En 1446, il se rend
acquéreur de la baronnie de Montcornet qu'il fit réunir en 1455
à la principauté de Château-Porcien pour ne former qu'un seul
domaine. Ses descendants furent de généreux bienfaiteurs pour
les habitants de leurs terres ; ils ont fondé plusieurs villages
et ont accordé les bois appelés Wèbes aux communes de Deville,
Laifour, Anchamp, les Mazures et Sécheval. Plusieurs ont contribué à la construction de l'église de Renwez.

Le membre de cette famille qui occupait la principauté à
l'époque de l'histoire où nous sommes arrivés, avait rompu
avec toutes les traditions d'honneur et de religion dont se glo-
rifiàient ses ancêtres. Il s'appelait Antoine et avait épousé
Catherine de Clèves qui lui apporta en dot la principauté de
Château-Regnault sur la Meuse. Antoine embrassa le protestantisme et mit au service de la religion nouvelle sa bravoure,
son habileté et ses immenses richesses. Un édit du 15 janvier
1562 permettait aux protestants de tenir leurs assemblées et
d'exercer leur culte en dehors des villes. Mis en appétit par
cette première concession arrachée au pouvoir royal, les nova-
teurs profitèrent de la liberté qui leur était accordée pour insul-
ter et détruire la religion de leurs concitoyens. Ne pouvant les
amener à l'apostasie par les voies de la persuasion, ils prirent
les armes pour les y contraindre. Jamais plus odieuse tyrannie
ne fut exercée au nom de la liberté. Les nouveaux évangéliques
ne se contentaient pas de fabriquer une religion, ils préten-

daient l'imposer à chacun, et la violence faisait justice de ceux qui s'avisaient de résister. Il suffisait pour cela de les livrer aux fureurs sanguinaires du prince de Porcien ou, comme on disait alors, du missionnaire *pistolique.*

Antoine de Croy fut, en effet, le chef de l'opposition religieuse dans le nord de la Champagne. Son château de Montcornet fut longtemps le refuge ou le passage des proscrits et des missionnaires protestants, le rendez-vous des hommes armés pour leur cause. C'est là qu'il recevait les princes de Sedan qui, eux aussi, avaient embrassé la réforme. En mars 1562, il y convoque ses amis et réunit une petite armée pour les répandre entre la Meuse et la Marne. Aux paysans, le prince dit et fait dire qu'il n'en veut qu'aux prêtres et aux moines, que le peuple doit être sans crainte pour lui et pour ses biens. Les premières victimes furent les prêtres ; ceux qu'on pouvait saisir étaient rançonnés d'abord, et s'ils refusaient d'apostasier, les soldats se faisaient une joie de les meurtrir, pendre, décapiter, crucifier ou écorcher. Le chevalier de Béthune, compagnon du prince de Porcien, se vantait de porter un collier d'oreilles de prêtres. Tous ces faits sont attestés par des mémoires contemporains ; un manifeste du temps rapporte qu'à Florent, près Sainte-Menehould, Antoine de Croy et ses gens, ayant pris un prêtre, lui firent subir des cruautés inouïes, le mutilèrent et le firent mourir. Le chirurgien de ces compagnies se glorifiait d'avoir ainsi traité dix-sept prêtres. *(Henri, La Réforme et la Ligue.)*

Toutefois, les protestants ne respectaient pas mieux les propriétés que les personnes. Sur leur passage, ils renversent les croix, brisent les images, démolissent les autels, mettent en pièces les baptistères et les vases sacrés, brûlent les reliques des saints, foulent aux pieds les hosties consacrées et incendient les églises. Partout leur présence est marquée par d'épouvantables ruines et des sacrilèges horribles. On compte qu'ils ont détruit vingt mille églises en France dans l'espace de trente années, Qu'on ne s'imagine pas que le tableau est chargé par les historiens catholiques. Voici, pour ce qui nous touche, ce qui est consigné dans un procès-verbal de l'époque et que nous avons trouvé aux archives de Reims. En 1562, Pierre Desté, curé-doyen, faisant la visite des églises de sa circonscription, dit : « Tournes a pour curé Baudesson Jacques ; le corps du « Christ (Saint Sacrement), les fonts baptismaux, les saintes « huiles sont conservés dans un lieu secret, à cause des dangers « qui résultent de la présence des ennemis. En outre, les autels

« de l'église ont été détruits par les ennemis de la religion
« chrétienne.

« Renwez a pour curé Thomas Nysier ; l'image du Christ, le
« tabernacle, les fonts de baptême, les statues et les autels de
« l'église sont brûlés ou brisés. » Même chose est constatée à
Haudrecy, à Lonny et à Murtin. *(Arch. de Reims. C. 260.)*

Toutes ces atrocités n'étaient pas de nature à propager les
principes d'une réforme que les catholiques avaient en horreur.
Pendant ce temps, le pouvoir royal négociait et publiait des
édits qui ne satisfaisaient pas les protestants et qui mécontaient profondément les catholiques. Ceux-ci, à bout de patience,
se comptèrent et voyant leur immense supériorité numérique,
il se soulevèrent pour défendre leur foi et secouer le joug de
l'hérésie qu'on prétendait leur imposer. Les guerres de religion
commencèrent,

Les catholiques se placèrent sous la direction de la famille
de Lorraine qui s'était constamment dévouée à la défense de la
patrie et à la conservation de la religion. François, l'aîné des
membres de cette famille, avait vaillamment défendu Metz
contre l'empereur Charles-Quint ; il mit au service de la cause
catholique son expérience et sa bravoure militaire. Charles, son
frère, archevêque de Reims et cardinal, maintint par sa science
et par sa parole la pureté de la foi religieuse.

Les protestants se donnèrent pour chefs deux renégats de la
maison de France, Louis de Bourbon, prince de Condé, et
Henri de Navarre qui fut plus tard le roi Henri IV ; ils s'adjoignirent l'amiral Coligny, de la maison de Châtillon-sur-Loire.

Pendant que les partis s'organisent, Antoine de Croy continue à se remuer en Champagne ; il relève la forteresse de
Linchamp pour la mettre au service des protestants ; il tente
de faire assassiner le cardinal Granvelle, ministre d'état du
roi d'Espagne, parce qu'il dévoile ses menées et ses relations
avec les ennemis du dehors. En 1567, il fonde près de Rocroy
le village du Bourgfidèle qu'il peuple de protestants pour « en
toute liberté de conscience, y vivre selon la réformation de
l'Evangile et sous la protection des édits et des lois. » Lorsque
le roi fut informé de ces faits, il manda le sujet rebelle et lui
« tint de rudes propos jusqu'à le menacer de la perte de sa tête
pour Linchamp qu'on avait donné à entendre à Sa Majesté qu'il
faisoit fortifier. » Antoine fut si affecté de ces reproches qu'il
mourut dans la nuit (15 mai 1568). On prétendit même qu'il
avait été empoisonné. *(Journal de l'Estoile).*

. Les munitions de guerre qu'il avait rassemblées à Montcornet furent incendiées. Sa succession se trouvait grandement obérée par les sommes extravagantes qu'il avait consacrées à soutenir la cause des protestants ; ses héritiers furent contraints de l'aliéner en grande partie pour acquitter les dettes du défunt. Ses sujets de Château-Porcien n'ont pas dû témoigner un grand regret de son trépas, car il ne les épargnait pas plus que les étrangers. M. Prévost, curé d'Herpy, qui a consigné par écrit tout ce qui s'est passé de son temps, rapporte les profanations qui furent commises dans son église et les mauvais traitements qu'il subit personnellement. Comme il se rendait à Château, il fut rencontré par des soldats hérétiques qui le maltraitèrent et lui enlevèrent ses vêtements et tout ce qu'il portait ; il pensa laisser la vie dans cette rencontre. *(Jean Taté)*.

La mort du Prince de Porcien ne rendit pas la paix à nos contrées ; elles continuèrent à subir les incursions des réformés de Sedan qui tentèrent plusieurs fois de s'emparer de Mézières et qui surprirent la ville de Rocroy en 1586. Elles se trouvaient en outre sur le passage des troupes étrangères que les protestants de France appelaient à leur aide. Ne vit-on pas les deux princes français, qui s'étaient mis à la tête de la rebellion, mendier, pour soutenir leur cause, l'appui de l'Angleterre et s'engager à lui livrer les villes de Calais et de Rouen ? En 1568, le prince d'Orange amena les protestants de la Hollande au secours de leurs frères de France. Ses troupes traversèrent notre région et y renouvelèrent tous les excès que le fanatisme le plus farouche est capable de produire. Les chroniques nous apprennent qu'elles ravagèrent et pillèrent toutes nos contrées et firent subir aux bourgeois des cruautés inouïes. *(Jean Taté)*.

Deux ans après, les protestants affaiblis par des revers successifs se trouvaient dans la nécessité de déposer les armes lorsqu'ils obtinrent, par des intrigues, une paix dont les conditions leur étaient si avantageuses que les catholiques en furent outrés. On leur accordait amnistie générale, le libre exercice de leur culte dans les lieux où ils s'étaient établis, quatre villes de sûreté dans le royaume. Enfin, suprême humiliation ! le roi prenait à sa charge la solde des soldats étrangers que les rebelles avaient soudoyés pour le combattre et le renverser ; il en coûta au trésor une somme de deux millions.

Toutes ces luttes finirent par mettre en évidence le but que poursuivaient les protestants. On connut que leur intention était de supprimer la royauté et d'établir une république sem-

blable à celle de Genève et des petits états de l'Allemagne.
Les preuves certaines de ce complot furent trouvées dans les
papiers de Coligny après sa mort. Il avait déjà établi dans seize
provinces des gouverneurs et chefs militaires pour tenir le peuple en armes et lever des impôts sur les sujets du roi ; des
courriers étaient, par ses ordres, partis pour l'Allemagne et la
Suisse, afin d'engager vingt mille hommes de troupes étrangères. La religion ne parut dès lors que le prétexte d'une rébellion
dont le but réel était l'abolition de la royauté. La question
n'était plus seulement d'ordre religieux, elle était avant tout
une question politique. Cette nouvelle phase explique les faits
qui vont suivre.

Lorsque le roi Charles IX eut acquis la conviction que les
protestants cherchaient à lui ravir la couronne et à changer le
gouvernement du royaume, il en conçut un vif ressentiment et,
dans un accès de colère, il ordonna de mettre à mort tous les
protestants de France. C'est le massacre de la Saint-Barthelémy, ce drame sanglant qu'il est de mode de mettre au compte
de la religion, bien que celle-ci y fut totalement étrangère. Dans
le conseil secret où fut résolue cette exécution, ne se trouvaient
avec le roi que quatre personnes, Louis de Gonzague, comte
de Rethel, les Maréchaux de Tavannes et de Retz et le chance-
lier Birague. Le prétexte de la religion ne fut même pas allégué.
La situation était assez critique par elle-même pour justifier
des mesures extraordinaires. Le roi voyait d'un côté les protestants, dont l'audace et les exigences augmentaient avec les
concessions qu'ils obtenaient après chaque prise d'armes, d'un
autre côté les catholiques, soutiens de la royauté, lassés des
guerres qui se terminaient toujours à leur détriment, malgré les
victoires qu'ils remportaient sur les champs de bataille. « Il
« ne m'a pas été possible, dit-il, de le supporter (Coligny) plus
« longtemps, et je me suis résolu de laisser le cours d'une jus-
« tice à la vérité extraordinaire, mais telle qu'en semblable
« personne il était nécessaire de faire. » Plus tard, il déclara
« qu'il ne l'aurait jamais fait, si on ne lui avait fait entendre qu'il
« y allait de sa vie et de son État. » Enfin, s'adressant à Henri
de Navarre qui venait d'épouser sa sœur, il dit : « Je me venge
« aujourd'hui de mes ennemis, je vous pardonne le passé, mais
« j'entends que vous renonciez à une hérésie dont la fureur a
« mis tout mon royaume en combustion. » Le président de Thou,
qui fut contemporain et témoin des faits, loua la prudence du
roi et proclama qu'il avait pris le seul moyen possible d'arrê-

ter les effets d'une conspiration qui menaçait à la fois sa personne, la famille royale et le salut de l'État.

La Saint-Barthelémy fut, malgré ces protestations, un crime dont on ne doit pas chercher à atténuer la honte. La morale chrétienne réprouve de telles vengeances quels qu'en soient les auteurs et de quelques raisons qu'on tente de les justifier ; la fin ne légitime pas les moyens. Bien que le calvinisme fût une conspiration permanente contre la foi, la royauté et la patrie, il n'appartenait à personne de servir une cause sainte par la perfidie et l'assassinat. La religion catholique n'a donc pas besoin d'être justifiée de cet attentat auquel elle demeure étrangère.

On a grossi à dessein, pour les besoins de la cause protestante, le chiffre des victimes qui tombèrent dans ces journées fatales. Les historiens impartiaux n'en comptent qu'un millier pour Paris et autant pour la province. Ce nombre n'offre rien d'exagéré, si l'on tient compte de la fureur du peuple qui attendait, avec impatience, l'occasion de venger les outrages qu'il avait reçus dans sa foi et les ruines que lui avaient causées vingt années de guerre civile.

Les protestants furent si peu anéantis que, dès l'année suivante, ils reprenaient les armes pour l'exécution de leurs projets momentanément interrompus. Après trois années de lutte, où ils n'eurent à enregistrer que des échecs, ils obtinrent, par des intrigues de cour, des conditions de paix encore plus avantageuses que les précédentes : le libre exercice de leur culte dans tout le royaume, des villes de sûreté parmi lesquelles se trouvait Mézières, cinq cent mille écus pour solder les auxiliaires allemands qu'ils avaient appelés à leur aide. Ces troupes étrangères mirent au pillage, en se retirant, les principales provinces du royaume. Jamais l'hérésie n'avait si hautement triomphé, jamais la cour ne s'était si profondément humiliée.

Comment rendre l'émotion qui s'empara des catholiques à la nouvelle de cette honteuse paix ! Chez eux, la colère le disputait à un profond mépris pour le roi et sa mère qui avaient conclu ce traité. Un sentiment légitime de patriotisme et de foi, leur inspira la pensée de ne plus compter que sur eux-mêmes pour défendre le territoire et la religion de la France. La réalisation de cette pensée donna naissance à la *Ligue*, cette conjuration si fameuse dans notre histoire et cependant si mal comprise. Les protestants, par leurs fédérations, avaient donné l'exemple aux catholiques. Quand ceux-ci virent que, dans

tous les traités de paix conclus successivement avec les ennemis de leur foi, on sacrifiait de plus en plus l'unité religieuse
et on mettait en péril l'unité nationale, ils sentirent que, seuls,
ils en demeuraient les défenseurs. Puisque l'honneur du pays
et la religion séculaire se trouvaient menacés par les ennemis
du dedans et du dehors, ils s'unirent par serment pour les défendre contre les ennemis quels qu'ils fussent, sans excepter le
roi lui-même.

« Le parti catholique, dit Aug. Thierry, qui avait de son côté
le nombre, la puissance des vieilles traditions et la force populaire, fut soulevé tout entier par un mouvement d'indignation ;
et de ce mouvement sortit la Ligue, association formidable,
créée pour briser tout ce qui ne voudrait pas se joindre à elle.»
Elle sauva la France de l'hérésie protestante et força Henri IV
d'abjurer le calvinisme avant de ceindre la couronne royale.
C'est là une vérité historique qu'on semble méconnaître généralement : si la France est restée catholique au XVIme siècle, elle
le doit à l'énergie de nos aïeux et à la résistance qu'ils ont
opposée à l'hérésie qu'on voulait implanter chez nous comme on
avait fait en Allemagne et en Angleterre. Pour garder leur foi
chrétienne et conserver leurs pratiques religieuses, nos pères
ont lutté et souffert pendant plus de vingt ans. Dieu a béni
leurs efforts, car jamais un prince hérétique n'a régné sur la
France.

On a souvent reproché à la Ligue d'avoir voulu porter
atteinte au droit d'hérédité à la couronne : rien n'est plus faux,
car elle déclara solennellement, en face même des troupes
auxiliaires venues d'Espagne, « que les lois fondamentales du
« royaume seraient gardées, que, sous prétexte de religion, la
« couronne ne serait point transférée en main étrangère, et
« tout acte fait au préjudice de la loi salique serait nul et sans
« valeur. » (*Journal de P. de l'Estoile*). Le document que nous
rapportons plus loin, prouve bien que la Ligue ne poursuivait
qu'un but, la conservation de la religion catholique.

Une fois son plan d'association clairement formulé, la Ligue
fit de rapides progrès. Des seigneurs, des bourgeois, des ecclésiastiques s'y associèrent en grand nombre. Les villes, les provinces entières, surtout celles qui avaient le plus souffert de la
part des protestants, suivirent l'exemple des particuliers et
firent le serment d'union. Les événements de l'année 1585 lui
amenèrent de nouvelles forces lorsque les décès survenus dans

la famille royale exposèrent la couronne à passer, par hérédité, à un prince hérétique. Trois ans plus tard, le roi fit assassiner dans le château de Blois où ils s'était rendus pour traiter des intérêts de la France, Henri de Lorraine et son frère Louis qui était Cardinal et Archevêque de Reims. Tous deux étaient les soutiens de la cause catholique. On le vit ensuite faire alliance avec les protestants qui ravageaient nos provinces. Ces actes d'un roi affolé qui foulait aux pieds toutes les lois de l'humanité, de la religion et du patriotisme, portèrent au comble l'exaspération des catholiques. Ils expliquent, sans la justifier, la mort violente du roi Henri III arrivée quelques mois après.

Les 2 et 3 avril 1585, les habitants de Mézières, réunis en assemblée générale, avaient déclaré « qu'ilz vouloient et enten-« doient vivre et demeurer tousiours bons et loyaux serviteurs « de Dieu et du roy, et demeurer en la religion catholique, « apostolique et romaine, et soubz l'obéissance de sadite « maiesté. » Les trois cents bourgeois de la ville avaient pris cet engagement. Après les événements tragiques dont nous avons parlé, ils renouvelèrent leur déclaration et s'engagèrent par serment à y rester fidèles. Enfin, ils invitèrent les gentils-hommes et les bourgeois des environs à faire le même serment. Plus de cinq cents répondirent à leur appel et apposèrent leur signature à cette protestation : « Nous soubsignez,... jurons et « promettons à Dieu, sa glorieuse Mère, anges, saincts et « sainctes de paradis, vivre et mourir en la religion catholique, « apostolique et romayne, emploier noz vies et biens pour la « conservation et accroissement d'icelle, sans y rien espargner « jusquez à la dernière goute de nostre sang, espérant que « Dieu, seul scructateur de nos cœurs et volontez, nous assis-« tera à nostre saincte entreprise et résolution en laquelle nous « protestons n'avoir autre but que la manutention et exaltation « de son sainct nom et deffense et protection de son Eglise à « l'ancontre de ceulx qui, ouvertement ou par moiens occultes, « se sont efforcez ou efforceront l'anéantir et maintenir l'hérésie « en ce royaume... Jurons et promettons de... maintenir les « privilèges et libertez des trois ordres de ce royaulme... et « résister de toute nostre puissance à l'effort et intention de « ceulx qui ont violé la foy publicque, rompu l'édict d'union, « franchises, chartes des estats de ce royaulme par le massacre « et emprisonnement commis en la ville de Bloys, lez XXIII et « XXIIII décembre dernier et en poursuivre la justice par toutes « voyes tant contre les autheurs coupables et adhérents que

« ceux qui les assisteront et favoriseront ci-après. Lundi 27 mars 1589. » *(Archives de Mézières, B. B., 3).*

Cette formule de serment fut prononcée dans l'église, en présence du Saint Sacrement, par ceux qui adhéraient à la Ligue. Elle est suivie de près de neuf cents signatures ou marques. Plusieurs des signataires ont écrit ces mots de leur main : « J'appose icy-dessous ma signature, pour tesmoignage de vivre et mourir en la religion catholique, apostolique et romaine, et non pour autre chose ny cas quel qu'il soit. »

Le seigneur de la Grange-au-Bois fit sa protestation en ces termes : « Je soubzsigné, Jehan Vidouze de Becquin, seigneur « de la Grange au boys, certiflie que je veulx vivre et mourir « en la vray unyon de la saincte Eglise catholicque, appostoli- « que et romaine ainsy comme j'ay esté né et baptisé et proteste « de y employer ma vie, bien et moyens ainsy comme j'ay « faict depuys vingt-six et vingt-sept ans en ça ainsy comme un « bon crestien doibt faire. En foy de ce dessus icy escript et « signé la présente le xxix mars 1589. Vidouze de Becquin. »

Tous les catholiques partageaient les mêmes sentiments ; ceux qui ne firent pas le serment de la ligue ou qui l'avaient fait avec des réserves sur l'obéissance au roi légitime, demandaient la conservation de la religion catholique qui était, depuis plus de dix siècles, la religion nationale. Parmi ces derniers, se trouvait Robert de la Vieuville, gouverneur de Mézières. Sa conduite équivoque ne tarda pas à faire concevoir des doutes sur la loyauté de ses actes ; les habitants de la ville mirent leur gouverneur en prison et ouvrirent les portes aux capitaines envoyés par les chefs ligueurs. En quelques jours, toutes nos Ardennes, à l'exception de la principauté de Sedan dont les seigneurs étaient protestants, avaient embrassé le parti de la ligue. Les villes en avaient pris l'initiative, les seigneurs indépendants les suivirent, en mettant leur épée et leurs auxiliaires au service de la cause catholique. Bientôt les ligueurs n'eurent pour adversaires que les protestants et quelques officiers catholiques qui, tenant leurs charges du roi, avaient craint de les perdre, en suivant le parti contraire à la royauté. Quelques seigneurs, à l'exemple de Louis de Gonzague, duc de Rethel et suzerain de nos villages, avaient voulu se tenir en état de neutralité entre les deux partis. Français, ils ne pouvaient se résigner à s'armer contre le roi légitime ; chrétiens, ils ne voulaient pas s'allier avec les protestants qu'ils savaient ennemis de la religion. Les événements ne leur permirent pas de conserver longtemps cette neutralité ; ils furent contraints d'embrasser l'un ou l'autre parti.

Nous ne voyons pas qu'il y ait eu d'hésitation dans nos contrées. Les villes de Mézières, Rocroy et Maubert s'étaient déclarées pour la ligue. Les seigneurs de Wartigny, la Grève, Haudrecy, Tournes, Montcornet, Warnécourt, Lafrancheville, Saint-Marceau, Guignicourt, etc., suivirent le même parti.

Après la mort du duc de Guise, assassiné à Blois en 1588, son frère, qui était duc de Mayenne, prit la direction de la ligue. Il envoya en Champagne un de ses lieutenants nommé Antoine de Saint-Paul. Celui-ci avait épousé Gabrielle de Poisieux, dame de Wartigny ; c'était un capitaine entreprenant et habile. Son premier soin fut d'occuper les villes de Reims, Rethel et Mézières et d'affermir les habitants dans les résolutions qu'ils avaient prises et jurées. Il travailla ensuite à purger les Ardennes des compagnies protestantes qui rançonnaient les populations depuis plusieurs années. Les troupes à la solde du prince de Sedan avaient pris Rocroy en 1586 ; elles avaient pillé et incendié la chartreuse du Montdieu, en 1589 ; la même année, elles avaient saccagé et profané l'abbaye de Chaumont-Porcien. Les routes étaient si peu sûres que Jean d'Argy, seigneur d'Haudrecy, voulant se rendre à Dommery pour assister au mariage de son fils, était obligé de prendre une sauvegarde du duc de Bouillon, prince de Sedan. Saint-Paul balaya tous ces pillards en quelques mois, détruisit les châteaux d'Ivernaumont et d'Etrépigny qui appartenaient à des seigneurs rebelles et contraignit les indécis à se tenir en repos.

De nouveaux événements venaient d'accroître la faveur de la ligue. Le roi Henri III avait, en mourant, reconnu Henri de Bourbon pour son successeur. En vertu du droit d'hérédité, la couronne lui était dévolue comme au plus proche parent masculin du roi défunt ; mais Henri de Bourbon était protestant et guerroyait depuis vingt ans en la compagnie de ceux qui tentaient d'imposer à la France la religion protestante ; la nation avait prouvé qu'elle n'accepterait aucun changement dans la religion. Cette volonté fit réfléchir les seigneurs catholiques qui suivaient le parti du roi. Ne voulant pas concourir à la ruine de leur religion, ils quittèrent en grand nombre l'armée du roi de Navarre et se retirèrent dans leurs terres. Les partisans du prétendant furent, pour cette cause, diminués des quatre cinquièmes. Il avait entrepris le siège de Paris, il ne put dès lors continuer son entreprise et le siège fut levé.

Pour essayer de retenir ceux qui soutenaient sa cause, Henri de Bourbon promit aux catholiques de se faire instruire et laissa entrevoir sa conversion au catholicisme. Il s'engagea en outre à maintenir la religion catholique dans le royaume, à ne tolérer le culte réformé que dans les lieux où les protestants étaient en possession, à ne confier qu'à des catholiques les charges, les dignités et le gouvernement des villes. Ces engagements arrêtèrent quelques seigneurs hésitants, mais ils mécontentèrent singulièrement les protestants, ses amis. Ils quittèrent le parti du prétendant en plus grand nombre que les catholiques, dit le duc d'Angoulême, en voyant s'évanouir leurs prétentions de se rendre maîtres de la France et d'imposer leur culte à la nation.

Louis de Gonzague, duc de Rethel, que des scrupules religieux avaient tenu pendant plus d'un an en dehors des partis, sortit de ses hésitations au mois d'août 1590. Pour le gagner à sa cause, Henri de Navarre lui prodigua les témoignages de son amitié et de sa confiance ; il lui accorda le gouvernement de la Champagne et lui promit de l'aider à rentrer en possession du duché de Rethel que les ligueurs occupaient. Louis de Gonzague, cédant à ces instances, embrassa le parti du prétendant qu'il servit dès lors avec une loyauté et un désintéressement dont il ne fut jamais récompensé selon ses mérites, malgré les promesses séduisantes qu'on lui avait faites.

Cette rentrée du duc de Rethel ramena les hostilités dans nos Ardennes. Le 24 octobre 1590, ses troupes attaquèrent, dans le village de Poix, le régiment d'Antoine de Saint-Paul, lieutenant de la ligue. Le combat fut des plus meurtriers. Les ligueurs, qui s'étaient retranchés dans le cimetière et dans la tour de l'église, perdirent six cents hommes ; il n'en échappa à la mort que quinze à vingt. Saint-Paul ne fut pas témoin du désastre de ses troupes ; il était en sûreté à Mézières, où il se trouvait retenu, disent ses amis, par une maladie opportune. L'année suivante, il fut plus heureux ; au mois de juillet 1591, il assiégea et prit le château d'Omont, qui appartenait au duc de Rethel. C'est alors que le roi se détermina à apporter le secours de ses armes à Louis de Gonzague, son lieutenant. Il entra dans les Ardennes par Rumigny, d'où il vint coucher à Maubert-Fontaine. Il en partit le 20 septembre pour se rendre, par Aubigny, au village de Thin, en évitant de s'approcher de Mézières où la ligue faisait bonne garde. Il alla ensuite à la Cassine, où le duc de Rethel lui fit un accueil princier dans le château qu'il venait de faire construire. Le 29 du mois, il était à Attigny, d'où il va accueillir et passer en revue, dans la prairie de Vandy, les dix mille hommes de troupes étrangères que le vicomte de Turenne a recrutés pour lui en Allemagne. Le 6 octobre, le roi quitte Attigny pour prendre part au siège d'Omont qu'avait entrepris le duc de Rethel. La légende dit que le roi pointa lui-même le canon, dont un seul coup mit hors de combat le capitaine de la place, son lieutenant et son enseigne. C'est une servile exagération dont un témoin oculaire a fait justice. Ayant à rendre compte à Mme la duchesse de Nevers des événements qui se sont passés dans les premiers jours d'octobre, il lui écrit : « Le roi alla « visiter les batteries. ...., il manda à la batterie haulte de « la teste du chasteau où estoient les Allemans, qu'ils eussent « à tirer à un certain endroit du portail qu'il leur envoya mon- « trer, et le coup fut si heureux qu'il emporta la jambe du capi- « taine qui commandait dans Omont, et aussi la cuisse de son « lieutenant, et tua l'enseigne du commandant. » *(Barthélemy. Plaquettes. N° 81.)*

La présence de ces troupes amena la ruine de toute la contrée. Le roi manquant d'argent pour payer leur solde, leur permettait le pillage et la vie à discrétion dans les lieux où elles se trouvaient. L'annaliste du Mont-Dieu rapporte que ces soldats, après avoir brisé les portes du couvent, enlevèrent tous les bestiaux et les meubles ; ils pillèrent l'église et les maisons des fermiers ; ils emmenèrent 58 bœufs, 90 vaches et 69 chevaux. Lorsque le roi en fut informé, il se contenta de répondre, de son ton goguenard et dégagé : « Ventre saint gris, aussy bien n'avois-je de quoy les payer. » Il aimait, d'ailleurs, à prendre les biens des églises pour en gratifier ses favoris protestants. La Noue, tuteur de la jeune princesse de Sedan, avait reçu du roi, en 1590, les revenus de la Chartreuse du Mont-Dieu ; Robert de La Marck, prince protestant, percevait, au même titre, les revenus du prieuré de Donchery et de l'abbaye de Saint-Remi de Reims. Ces libéralités, faites avec le bien d'autrui, marquaient chez le prétendant, peu de scrupule et de délicatesse.

Le roi donna l'ordre de démolir le château d'Omont et revint à la Cassine où il établit son quartier général pour rayonner dans la contrée. Foucault de Joyeuse, comte de Grandpré, eut

l'honneur de sa visite ; « le Roy logea au château où le comte
« ayant reçu dignement sa Majesté et toute la cour, demeura
« fort satisfait de l'honneur que le Roy lui fit et des louanges
« qu'il donna, en présence de tous, à ce bon et sage vieillard.»

Le 12 octobre, Henri IV se rendit à Sedan pour négocier le
mariage du vicomte de Turenne avec Charlotte de La Marck,
princesse de Sedan. Des raisons politiques portaient le roi à
désirer cette union. Henri de La Tour, vicomte de Turenne,
était protestant; depuis quinze ans, il suivait le parti du prétendant, il venait d'amener à ce dernier un corps d'armée qu'il
avait soudoyé à l'étranger. Plus tard, le roi regretta d'avoir
favorisé cette alliance ; le nouveau prince de Sedan, froissé de
la conversion du roi, n'hésita pas à conspirer contre son bienfaiteur. Il fallut qu'Henri IV vint avec une armée pour mettre
à la raison le prince mécontent. Les historiens racontent que,
la nuit de ses noces, Turenne alla s'emparer de la ville de
Stenay et qu'il en apporta les clefs au roi à son réveil. C'est
encore une légende inventée à plaisir pour embellir la vie des
personnages. Le roi fut présent aux fiançailles, mais le mariage
ne fut célébré qu'un mois après, c'est-à-dire le 19 novembre.
C'est également à cette dernière date qu'eût lieu la surprise de
Stenay ; or Henri IV était alors à Rouen dont il avait entrepris
le siège.

En quittant Sedan, le roi rejoignit ses troupes qui étaient
campées à Attigny et retourna dans la Picardie, en suivant la
route qu'il avait prise à sa venue ; le 22 et le 23 octobre, il
séjourna à Thin où les religieux et les habitants de Signy
vinrent le remercier de les avoir traités avec humanité. C'était
sans doute un privilège, car, en général, les populations n'étaient
guère épargnées par les troupes de passage. Les chroniqueurs
rapportent que le roi arrivant à Attigny « vid un beau mesnage
« dans ceste ville, car, après avoir esté pillée, les soldats mirent
« la plume de tous les lits au vent. Ce qui y restoit demeuré
« entier estoit quantité de bleds, d'avoines et de foins desquels
« oultre le dégat que l'armée fit, M. de Nevers en fit serrer
« quatre cents muids de grain dans la Cassine.» (*Palma Cayet*).
« Les soldats sont licenciez à mal faire, adonnez à la vollerie,
« ils preignent les chevaulx des laboureurs, leurs bœufs,
« vaches, brebis, volailles... Les prend-on prisonniers, ils sont
« battuz, garottez, et le plus souvent leurs bestes perdues ou
« sy les rachaptent, elles sont aussi tost reprises. » (*Carorguy,
Mémoires*).

Partout, sur le passage des armées, c'était la ruine pour de longs mois. Cette situation lamentable des campagnes finit par émouvoir les chefs des partis ; ils cherchèrent à y apporter du soulagement. Dès l'année 1590, il avait été résolu entre le roi de Navarre et les chefs de la Ligue que les femmes et les laboureurs seraient exempts des rigueurs de la guerre et ne pourraient être ni molestés, ni emprisonnés ni mis à rançon.*(Corresp. de Mayenne)*. En 1592, fut conclue la trève suivante :

« Tous païsans, laboureurs, gens des champs qui ne porteront
« pas les armes, ne pourront estre couruz, pillez ou prins pri-
« sonniers et mis à rançon, ni pareillement leurs chevaux,
« vaches, moutons et toute autre sorte de bestial, ensemble
« leurs meubles prins et amenez, soubz quelque prétexte que ce
« soit, ains sera libre ausd. paysans et laboureurs de vacquer à
« leurs travaux sans que les gens de guerre puissent exiger
« d'eux aulcune chose ny leur méfaire, sur peine de la hard. »
Les gouverneurs des villes, les capitaines doivent veiller à ce
que les contrevenants soient punis exemplairement ; ceux qui
ne l'auront pas fait, seront responsables en leur propre et privé
nom.

« Les seigneurs chastellains et autres ayans maison forte qui
« commettront ou souffriront commettre les violences susdictes,
« seront poursuiviz des mesmes peines.

« Les nobles et roturiers estans au dessoubz de quinze ans ne
« pourront estre constituez prisonniers, ny les filles et femmes
« de quelque qualité et condition qu'elles soient, ny prins sur
« eux auculne chose sortable.

« Parce que la piété commande à tous chrestiens d'avoir en
« révérence les églises et personnes ecclésiastiques, est pareil-
« lement accordé que les monastères, les églises des villages et
« les personnes vacquans au service divin ne pourront estre
« pillez, couruz ni constituez prisonniers ou molestez en façon
« ny manière que ce soit, s'ils ne sont trouvez au combat et
« portans actuellement les armes. »
Ces mesures de protection que la nécessité forçait de prendre,
montrent clairement quelle était l'étendue du mal auquel on
voulait porter remède.

Le roi de Navarre avait assuré la fortune du vicomte de
Turenne en lui procurant, par son mariage avec Charlotte de
La Marck, la possession de la riche principauté de Sedan. Il le
fit encore maréchal de France et son lieutenant-général dans
la province de Champagne. Henri de La Tour, pour témoigner

sa reconnaissance à son bienfaiteur, multiplia ses efforts pour soutenir la cause du prétendant et lui soumettre toutes les villes des Ardennes qui tenaient le parti de la ligue. Le succès ne répondit pas à ses efforts ; il n'y eut que les villes de Beaumont, Donchery et Maubert qui promirent obéissance à Henri IV. Au mois de juin 1593, le prince de Sedan tenta de s'emparer de Mézières par surprise, comme il avait fait de la ville de Stenay en 1591 ; son entreprise échoua, malgré la brèche que la mine avait faite au rempart de la citadelle dont les ennemis ne purent s'emparer « pour les empeschements et l'alarme faite par ceux « du dedans en façon qu'ils auroient esté contraints se retirer « honteusement et à grande hatte après avoir laissé une espée « avec ung pétard prest à descharger et plusieurs eschelles, « aucuns tuez et plusieurs blessez. » La ville de Mézières décida qu'on ferait le 30 juin de chaque année une procession générale en actions de grâces d'avoir échappé à cette surprise. (*Arch. de Mézières, B. B. 2*).

Un mois après, le roi qui s'était fait instruire, abjurait le protestantisme et embrassait la religion catholique. Il avait pris cette détermination dont il pesait toutes les conséquences, après avoir examiné avec maturité les obstacles que la profession de l'hérésie apportait au triomphe de sa cause. Il savait que la nation tout entière voulait conserver la religion catholique et n'entendait obéir qu'à un roi catholique et protecteur de la foi. Les plus fidèles soutiens de sa cause étaient les seigneurs catholiques qu'il avait retenus dans son parti en s'engageant à se faire instruire dans les six mois ; depuis trois ans, on attendait en vain la réalisation de cette promesse. Les seigneurs ne voulaient pas jouer plus longtemps le rôle de dupes et ne faisaient plus mystère de leurs sentiments. D'autre part, il en coûtait au roi de séparer sa cause de celle des protestants avec lesquels il guerroyait depuis plus de vingt ans. Dans cette perplexité, Henri IV eut recours aux lumières du baron de Sully, son intime confident. Celui-ci, bien que protestant, avait conseillé au roi de se faire catholique, assurant que c'était le moyen le plus prompt et le plus efficace de faire aller en fumée tous les plus malins projets. Dès lors, le roi n'eut plus d'hésitation. La politique eut sans doute une grande part dans sa détermination, elle n'en exclut pas toutefois la sincérité et Henri IV sut prouver qu'il était fidèle à sa parole de chrétien et de roi.

Pour calmer les craintes que son retour à la foi catholique devait inspirer aux protestants, le roi leur exposa les motifs de

sa conversion et leur promit la continuation de sa bienveillance ;
il leur assura en outre qu'il n'entendait en aucune façon violenter
leurs consciences. Il restait à gagner la ligue et à se faire accepter de ceux qui luttaient depuis trente ans pour la conservation
de la religion nationale. Beaucoup d'esprits demeuraient en
suspens et avaient conçu des doutes sur la sincérité des sentiments du roi. On ne pouvait oublier tout à coup qu'il avait fait
la guerre pour implanter l'hérésie en France, que ses faveurs
de choix avaient été pour les protestants, qu'il avait déjà, avec
une étonnante légèreté, changé trois fois de religion. On se
rappelait ses paroles inconsidérées : Paris vaut bien une messe ;
on connaissait ses mœurs faciles et l'inconduite de sa vie privée.
Enfin des lettres de l'ambassadeur d'Angleterre qui avaient été
saisies, donnaient à entendre que le projet de conversion du
roi n'avait été résolu que pour tromper les catholiques. Toutes
ces raisons expliquent les hésitations et les légitimes défiances
qui inquiétaient les meilleurs esprits. Beaucoup attendirent
avant de se rallier au roi.

Le premier fruit de la conversion du roi fut une trève générale conclue par les deux partis avec défense à toutes personnes
de quelque qualité ou condition qu'elles soient, d'y contrevenir
sur les peines y contenues. Ce n'était pas encore la paix définitive, mais un acheminement à sa conquête. La joie fut grande
dans toutes les classes de la société en songeant qu'on pouvait
enfin se livrer à ses travaux sans crainte d'en voir les fruits
ravis par un ennemi sans pitié.

La trève donna aux esprits le temps de se calmer et de mieux
apprécier la conduite du roi. Plusieurs des plus marquants
parmi les chefs de la ligue hésitaient à reprendre les armes à
l'expiration de la trève ; des villes, jusque-là fort prononcées
pour la ligue, formaient le projet de faire leur soumission.
Henri IV pourrait dès lors se croire le roi de toute la France ;
il résolut de se faire sacrer. Dans ces temps de foi profonde, la
cérémonie du sacre avait une grande importance ; elle recevait
de plus, en cette occurrence, une signification particulière des
circonstances dans lesquelles le roi se trouverait engagé. Il y
prêtait serment, en présence du clergé et des grands du royaume, de combattre l'hérésie et de défendre la religion catholique ;
par son caractère religieux et solennel, cette démarche impres-
sionnait favorablement les esprits. Cette cérémonie eut lieu dans
la cathédrale de Chartres, le 27 février 1594.

Le sacre du roi fit plus pour sa cause et lui gagna plus de partisans que dix années de guerre n'auraient pu en conquérir. Un mois après, 22 mars, la ville de Paris accueillait le roi dans ses murs et Henri protestait de nouveau qu'il entendait, avec l'aide de Dieu, vivre et mourir dans le sein de l'Église catholique. Une déclaration d'amnistie qu'il fit publier le même jour, contribua encore à propager le mouvement qui se produisait en sa faveur dans toutes les parties de la France. Les principales villes firent successivement leur soumission.

Cependant Reims attendit six mois avant de reconnaître officiellement le nouveau roi. La ville de Mézières fit attendre sa soumission pendant près d'une année. Des scrupules d'ordre religieux retenaient les esprits les plus réfléchis. Le clergé se montrait peu disposé à reconnaître un roi que le pape avait excommunié et déclaré inhabile à régner sur une nation catholique. D'autres qui avaient fait le serment de la ligue, craignaient de faire un parjure en abandonnant la cause qu'ils s'étaient engagés à défendre ; ils attendaient qu'une autorité légitime et compétente les eut relevés de leur serment. Le roi avait écrit de sa main au Souverain Pontife pour lui annoncer sa conversion et lui exprimer sa ferme résolution de persévérer dans la foi qu'il venait d'embrasser ; en même temps, il envoyait une ambassade solennelle à Rome pour confirmer les sentiments exprimés dans sa lettre et solliciter son absolution des censures ecclésiastiques. Louis de Gonzague, duc de Rethel, qui était le chef de cette ambassade, ne put obtenir, malgré son habileté diplomatique, ce qu'il demandait au nom du roi. Le pape voulait soumettre à l'épreuve du temps la sincérité de la conversion du roi Henri ; il n'accorda l'absolution demandée qu'après deux années d'attente, le 15 septembre 1595. Cet acte de l'autorité ecclésiastique mit fin à la ligue et réconcilia le roi avec tous les catholiques de France.

Louis de Gonzague fut témoin de cette réconciliation qu'il avait tant désirée, mais il n'eut pas la joie d'en goûter tous les fruits. Il mourut le mois suivant, victime de ce roi pour lequel il avait sacrifié son repos, sa fortune et ses préférences religieuses ; il fut si affecté d'une boutade injurieuse que lui avait lancée Henri IV dans un moment de vivacité, qu'il en est mort quinze jours après, refusant de recevoir les témoignages de regret que le roi offrait de lui porter. Henriette de Clèves, son épouse, lui survécut six ans ; elle conserva, comme douaire, le duché de Rethel qu'elle avait apporté en dot à son mari.

Le 3 avril 1596, Henriette fit acte de duchesse douairière en donnant en fief à Regnault d'Argy, seigneur d'Haudrecy, la maison dite la Grande Cour, située à Tournes. Ce fief est resté dans la famille d'Argy jusqu'au xviiime siècle ; Guillaume Raulin, laboureur, s'en rendit acquéreur le 17 mai 1765 et eut, à son sujet, de violents démêlés avec les habitants de la commune. *(Arch. des Ardennes, B)*.

Dès l'année 1573, Louis de Gonzague et Henriette de Clèves s'étaient signalés à la reconnaissance de leurs sujets par une fondation charitable et de haute moralité. Ils avaient assigné une rente de 3.000 livres sur les revenus de leurs domaines pour doter chaque année soixante filles pauvres et les aider à s'établir honnêtement. Le sort devait désigner les privilégiées ; un règlement long et minutieux fixait toutes les garanties d'impartialité et prévenait les fraudes. La prévôté de Warc, dont Tournes faisait partie, avait droit, tous les ans, avec la principauté d'Arches, à quatre de ces bourses. Cette institution portait le nom de *Filles-Madame ;* elle prit fin à la révolution. Il existait alors bon nombre d'œuvres de cette nature que la religion et la charité avaient multipliées pour le plus grand bien de la morale publique. La révolution a détruit toutes ces œuvres de bienfaisance et ne nous en a laissé que le souvenir et les regrets.

Henri IV avait vaincu les ligueurs ; mais il avait été auparavant vaincu par la ligue qui, par l'énergie de sa résistance à l'hérésie, arracha la conversion du roi. Dans leur appréciation de ce mouvement religieux, la plupart des historiens se sont faits les courtisans du pouvoir et ont jeté sur la ligue une défaveur qui s'est transmise jusqu'à nous. Ils ont représenté ses partisans comme des fanatiques, des ambitieux qui convoitaient le pouvoir, des hommes prêts à sacrifier les intérêts de la nation à leurs vues personnelles. Qu'il y ait eu des pensées d'ambition dans la conduite de quelques-uns des chefs, il n'y a pas lieu de s'en étonner, puisqu'ils étaient des hommes et que la perspective de l'autorité pouvait les séduire. Mais prétendre que la masse du peuple qui s'était enrôlée dans la ligue, se laissait guider par ces vues d'ordre privé, est une erreur manifeste dont l'histoire impartiale doit faire bonne justice. Pour connaître l'esprit de la ligue, il faut interroger la pensée de ceux qui y donnèrent leur assentiment et leur nom. Nous avons vu que plus de huit cents personnes avaient signé le serment d'union à Mézières en 1589 ; toutes protestent « n'avoir d'autre but que la

« manutention (maintien) et exaltation du sainct nom de Dieu
« et deffense et protection de son église. » Les habitants de
Reims font serment, sur le Saint Sacrement, pour la conservation de la religion catholique. Ceux de Rethel prennent le même
engagement. Les bourgeois de Châlons s'engagent « à garder
« l'union cy-devant jurée, avec promesse de vivre et mourir en
« la religion catholique, apostolique et romaine. » Les mêmes
protestations se font dans toutes les provinces de la France.
C'est donc le sentiment religieux qui donna naissance à la ligue
et fit prendre les armes à ses partisans. Ces armes tombèrent
des mains des ligueurs lorsqu'ils furent convaincus, par la
conversion du roi, que la religion catholique resterait la religion
de la France.

Les mêmes préoccupations se manifestent lorsque les villes
se déterminent à reconnaître le roi Henri IV. « Plaira à sa
« Majesté, disent les habitants de Château-Porcien, accorder
« qu'il n'y aura aucun exercice d'autre religion que la catho-
« lique, appostolique et romaine en la ville et faulxbourgs
« dudict Castel et par toute l'estendue de la principauté dudict
« Portien. » Ceux de Reims se soumettent en 1594, à la condition que « la foy catholique, apostolique et romaine sera invio-
« lablement gardée à Reims. » Les bourgeois de Mézières,
négociant leur soumission en 1595, font les mêmes réserves à
l'égard de la religion et demandent que les cultes hérétiques ne
puissent être exercés dans leur ville. Cette unanimité de sentiments prouve avec évidence que la ligue, en prenant les armes,
se proposait un but plus honorable et plus élevé que les desseins d'ambition qu'on lui a prêtés ; elle se leva pour défendre et
garder la religion nationale.

Le mouvement de la ligue offre encore un autre point de vue
sur lequel les historiens gardent ordinairement le silence, c'est
la revendication des libertés communales. Le pouvoir royal
tournait à l'absolu et cherchait à restreindre ou à faire disparaître les franchises dont nos communes jouissaient depuis trois
siècles et auxquelles elles étaient profondément attachées. Leur
accord sur ce sujet n'est pas moins unanime. Les habitants de
Mézières jurent « de maintenir les privilèges et libertés de
« leur ville ; » ceux de Reims demandent que « les franchises et
« libertés de l'Eglise et de la ville soient conservées. » « Que
« ladicte ville et place, disent les bourgeois de Château-Porcien,
« sera maintenue en la possession et jouissance de tous privi-
« lèges, franchises et immunitez dont elle jouissait auparavant

« des troubles. » Ceux de Rethel formulent une demande iden-
tique : « Plaira à sa Majesté accorder auxdicts habitans qu'ils
« demeureront en leurs franchises, possessions et jouissances
« de tous leurs privilèges, immunités et libertés dont ils jouis-
« soient auparavant. » Lorsque les Etats généraux qui compre-
naient les députés de toute la nation, se réunirent pendant la
ligue, ils résumèrent en deux articles les revendications qu'ils
avaient mandat de réclamer : une religion catholique romaine,
respect des franchises et libertés municipales. Sur ce deuxième
point, les Etats émettent des principes de droit public que ne
repousseraient pas les sociétés modernes. Ils demandent que
l'autorité royale soit contenue dans les bornes de la raison, de
l'équité et des lois du royaume, que les lois ne soient faites
qu'avec la participation des Etats, que la paix et la guerre ne se
fassent plus sans l'avis des Etats généraux, qu'il n'y ait pas de
levée d'impôts, pour quelque cause et sous quelque forme que
ce soit, sans le consentement des mêmes Etats. Si ce programme
si sage était passé en loi pour être appliqué loyalement, il eût
épargné à la France le fardeau du pouvoir absolu qu'elle porta
pendant deux cents ans et les embarras de la révolution qu'elle
fit, deux siècles plus tard, pour obtenir ce que les Etats avaient
demandé au temps de la ligue.

Mais du double but poursuivi par la ligue, un seul fut atteint :
la couronne de France ne passa pas sur une tête hérétique.
Quant au réveil municipal, ce fut un beau rêve qui ne se réalisa
pas ; les communes perdirent peu à peu les quelques privilèges
qui leur restaient encore, pour tomber sous l'arbitraire du pouvoir absolu.

C'est sous cet aspect religieux et patriotique que les archives
contemporaines nous présentent la ligue. Nos pères l'appelaient
la sainte Union parce qu'elle avait pour but principal la conservation de la foi et du culte catholique. Comment les historiens,
qui en ont parlé dans la suite, ont-ils pu en méconnaître les
causes réelles et la charger d'appréciations aussi fausses que
malveillantes ? Plusieurs motifs ont contribué à ce résultat.
Lorsque le roi fut affermi sur le trône, il fit retirer du commerce,
pour les détruire, tous les écrits qui avaient été publiés contre
l'autorité royale ; il fit défense, sous peine de la vie et de la
confiscation des biens, d'en publier de semblables à l'avenir.
En même temps, il ordonnait de faire disparaître des archives
des cours de parlements toutes les décisions que ces cours
avaient prises et qui ne se trouvaient pas favorables à la

royauté. D'autre part, les protestants n'ont jamais pardonné à la ligue d'avoir anéanti leur dessein d'imposer à la France la religion de Luther ou de Calvin. Enfin les philosophes du xviiime siècle qui s'étaient donné la mission de détruire la religion, pouvaient-ils approuver l'élan de toute une nation qui s'était levée pour garder sa foi religieuse. Or, pendant près de trois siècles, notre histoire nationale est restée aux mains de ces ennemis de la foi ; on comprend que la vérité, en passant par leurs plumes, ait reçu de nombreux accrocs dans les manipulations qu'elle dut subir pour les besoins et l'opportunité de leur cause. En présence de cette situation faite à l'histoire, il nous a fallu, pour connaître l'impartiale vérité, la chercher à sa véritable source, c'est-à-dire dans les écrits contemporains.

Les protestants voyaient avec une inquiétude mal dissimulée la religion catholique assise sur le trône. Frustés dans leur espérance d'opprimer l'Eglise, ils s'agitaient et se montraient, sur plusieurs points, disposés à la révolte. Lorsque le roi les appela à concourir avec les catholiques à défendre la patrie contre les ennemis du dehors, ils refusèrent leur concours. Les anciens ligueurs au contraire répondirent généreusement à l'appel du roi ; ils le firent avec un désintéressement si patriotique qu'il ne put s'empêcher de dire : « Non, ces hommes « n'étaient pas les ennemis de ma personne, mais seulement les « défenseurs intrépides de leur foi. »

Henri de La Tour, prince de Sedan, devait sa fortune à Henri IV qui lui avait assuré, par un mariage, la possession de cette principauté. La reconnaissance lui pesait peu, il la sacrifia à sa passion de sectaire et il prit la direction du parti protestant contre son royal bienfaiteur. Pendant que le roi était tout au soin de défendre le sol français contre les armées étrangères, Henri de La Tour et ses coreligionnaires tenaient des assemblées séditieuses et travaillaient au démembrement de la patrie. Dans ces circonstances critiques où la paix intérieure allait courir de sérieux dangers, Henri IV publia l'*Edit de Nantes* qui devait donner toute satisfaction aux protestants, si ceux-ci eussent été de bonne foi (13 avril 1598). Par cet édit, ils obtenaient l'exercice public de leur culte dans tous les lieux où il était établi (à la condition de laisser la même liberté aux catholiques), la jouissance de tous les droits de citoyens et leur admission aux emplois et charges de l'Etat. Des tribunaux particuliers étaient établis pour juger les causes soulevées entre protestants. Enfin ceux-ci recevaient, comme garantie de la parole royale, plusieurs places de sûreté qu'ils pourraient occuper et garder pendant huit années.

Jamais aucun roi de France n'avait fait de si grandes concessions au parti de l'hérésie. L'édit de Nantes qui, dans la pensée du roi, devait mettre fin aux querelles religieuses, ne pouvait au contraire que les entretenir et les aggraver. Il ouvrait la porte à de nouvelles divisions, en établissant une nation protestante à côté d'une nation catholique, une justice protestante et une justice catholique; l'unité de la nation était rompue. Une politique sage et clairvoyante exigeait plutôt qu'on fit disparaître toutes les causes de division et de discorde.

Les catholiques se montrèrent profondément attristés des privilèges exorbitants accordés, par l'édit, aux ennemis de leur foi. Pour préserver la France d'un tel danger, ils avaient prodigué leur vie sur quarante champs de bataille, plus d'un million d'entre eux avaient versé leur sang sous trois règnes, ils avaient enduré avec résignation les souffrances que la guerre civile traîne à sa suite; l'édit de Nantes rendait inutiles tous ces généreux sacrifices et en condamnait la mémoire.

On se demande à quel mobile obéit Henri IV en publiant son édit. Avait-il conservé des sympathies pour ses anciens partisans dont il connaissait l'obstination par les difficultés qu'ils ne cessaient de lui susciter? Ou bien, devançant son temps, se faisait-il une conception nouvelle des rapports entre l'Église et l'État? Voulut-il assurer la paix intérieure en sacrifiant la religion? Rien ne porte à le croire. On doit plutôt considérer cet acte du roi comme une dernière preuve de la légèreté avec laquelle Henri IV traitait les choses sérieuses. Il avait peine à consacrer deux heures chaque jour aux affaires de l'État; son temps se passait dans les plaisirs, le jeu et les galanteries. On ne comptait plus ses enfants naturels pour lesquels il créait de brillants apanages aux frais de la France. Le roi était peu instruit des choses de la religion; sa naissance dans le protestantisme, sa vie au milieu des armées, sa conversion précipitée ne lui avaient pas laissé le loisir de compléter son éducation religieuse. Il était trop indifférent sur ce sujet pour se préoccuper beaucoup de ses devoirs de chrétien et de roi. On conçoit alors que la religion n'ait tenu qu'une place secondaire dans ses préoccupations. Voulant avoir la paix intérieure, il la chercha sans se soucier de l'avenir et des difficultés qu'il laisserait à ses successeurs. Les événements ne tardèrent pas à mettre en évidence l'erreur commise par le roi; moins d'un siècle après,

Louis XIV, petit-fils d'Henri IV, fut contraint d'abolir l'Edit qu'avait créé son aïeul.

Si l'impartialité de l'histoire ne permet pas de dissimuler les écarts et les faiblesses du roi Henri IV, elle exige qu'on rende une égale justice à ses qualités et à ses talents. On a accordé de justes hommages à sa bravoure, à sa magnanimité pour ses ennemis et à sa bonté proverbiale pour le peuple.

Henri IV était monté sur le trône à la suite d'une guerre civile et d'une révolution; son règne s'inaugurait au milieu des orages et des ruines. A la fin du xvime siècle, beaucoup de villes étaient dépeuplées, les campagnes désertes, les champs en friche, le commerce et l'industrie entièrement tombés ; les finances de la nation se trouvaient dans une situation déplorable. C'est à relever toutes ces ruines que le roi résolut de s'appliquer particulièrement. Pénétré de cette pensée que les bons ministres font les bons gouvernements, Henri IV appela auprès de lui, pour s'aider de leurs conseils, des ministres probes et dévoués aux intérêts du peuple ; il plaça dans toutes les branches de l'administration des hommes d'un mérite supérieur qui le secondèrent puissamment dans tous ses projets de réforme que les circonstances réclamaient. Sous leur inspiration, il prit des mesures qui rétablirent l'ordre dans les finances et remirent en honneur l'agriculture et l'industrie qui sont les principales sources de la prospérité nationale. Les maux inséparables des guerres civiles avaient réduit le peuple à une indigence qui le mettait hors d'état de satisfaire à ce qui était dû des anciens impôts. Sur le conseil du ministre Sully, le roi accorda remise de tout l'arriéré. Il veilla ensuite à ce que les impôts levés sur le peuple ne fussent pas détournés de leur destination, qu'ils fussent au contraire appliqués aux fins pour lesquelles on les avait réclamés.

Ces sages mesures faisaient la joie du peuple qui se sentait enfin protégé et soutenu, mais elles mécontaient grandement les seigneurs dont elles détruisaient les rêves ambitieux. Le roi, sachant que l'opinion publique se rangeait de son côté, que le peuple était pour lui et approuvait toutes les mesures qu'il adoptait pour ramener les seigneurs à la modération et à l'observation des lois de l'Etat, n'hésita pas à frapper les rebelles qui osèrent tramer des conspirations. C'est pour accomplir l'une de ces exécutions que le roi revint dans nos Ardennes en 1606.

Le prince de Sedan ne se piquait pas de reconnaissance, ainsi que nous l'avons dit. Bien qu'il dût sa fortune et ses honneurs à la générosité du roi Henri, il ne craignit pas de conspirer plusieurs fois contre son bienfaiteur et de faire de Sedan un refuge pour tous les mécontents de France. Le roi lui pardonna cordialement sa première révolte, il se montrait disposé à lui témoigner encore la même bienveillance si l'arrogant seigneur s'était soumis après une seconde rébellion. Les voies de longanimité n'ayant pu amener le prince à se mettre à la discrétion du roi, Henri IV voulut l'y contraindre par la force. Il partit avec une armée pour s'emparer de la ville de Sedan ; cependant il mit, au début, une lenteur calculée à la marche de son expédition. Il arrive à Reims pendant la semaine sainte et n'en part que le lundi de Pâques. Les chroniques nous apprennent qu'il assista à tous les offices religieux de la grande semaine et qu'il communia le jour de Pâques (26 mars 1606). Il partit le lendemain pour venir coucher à Mézières. Les Macériens firent à leur roi un accueil très sympathique et lui offrirent le vin d'honneur, ainsi qu'aux hommes de sa suite et au P. Cotton, confesseur du roi. La ville de Mézières fournit en outre deux bateaux qui furent conduits à Sedan pour passer les troupes royales. *(Arch. de Mézières, c. c. 41)*.

Le 28, le roi se rendit à Donchery pour commencer le siège de Sedan ou recevoir la soumission du prince. Après trois jours d'hésitation, Henri de la Tour se détermina à implorer un nouveau pardon que le roi lui accorda de grand cœur. La reine, qui accompagnait le roi, était alors au château de la Cassine où Henri IV vint la prendre le 2 avril pour entrer ensemble dans la ville de Sedan. Ils furent pendant trois jours les hôtes du prince, allant à la messe de la paroisse où prêcha le P. Cotton, « au grand crève-cœur des ministres protestants. » *(Ganneron)*. C'était, en effet, une chose très insolite de voir un jésuite prêcher publiquement dans une ville qui était considérée comme le boulevard du protestantisme. En quittant Sedan, le roi emmena avec lui le prince auquel il avait rendu son amitié et les dignités dont il jouissait avant sa rébellion.

Henri IV ne tarda pas à être la victime de ses généreux sentiments. Après avoir échappé à dix-sept ou dix-huit attentats dirigés contre sa vie, il périt frappé par un assassin fanatique (1610).

La mort si imprévue de Henri IV fut une calamité nationale. Son règne, inauguré au milieu des troubles de la guerre civile, n'eut pas assez de durée pour lui permettre de consolider l'œuvre de pacification générale qu'il poursuivait. Il restait deux causes qui allaient encore troubler le repos public et ramener la guerre dans nos contrées : l'ambition égoïste des princes et les exigences des protestants. *(Mém. de Richelieu).*

L'esprit d'indépendance et de révolte qui était né du protestantisme et que l'habitude de la guerre avait entretenu chez les princes, avait pu être comprimé par la main puissante de Henri IV, mais le calme n'était qu'à la surface ; à la mort du roi, cet esprit se réveilla. Le jeune roi n'avait que neuf ans ; la régence de l'Etat fut remise aux mains de la reine, sa mère. Ne voyant qu'un enfant et une femme pour s'opposer à leurs volontés, les princes qui auraient dû être les soutiens du trône, travaillèrent à se créer des situations privilégiées aux dépens de la royauté. « Alors, dit Richelieu, on vit le tableau vrai de « l'inconstance des Français, même de ceux qui devraient être « les plus retenus et les plus sages, et les diverses faces de la « fidélité des grands qui d'ordinaire n'est inviolable qu'à leurs « intérêts et qui changent souvent sur la moindre espérance « qu'ils ont d'en tirer avantage. » Pour acheter la paix, la régente jeta aux princes les trésors amassés par la sage administration du ministre Sully. Les prétentions des seigneurs s'accrurent avec la faiblesse du gouvernement. « Les présents « de la reine, continue Richelieu, étourdirent la grosse faim de « leur avarice et de leur ambition ; mais elle ne fut pas pour cela « éteinte. L'épargne étant épuisée, ils aspirèrent à des choses si « grandes que l'autorité royale ne pouvait souffrir qu'on leur « accordât ce qu'ils demandaient. » Ce qu'ils voulaient, en effet, c'étaient pour eux et pour leurs familles des dignités et des places qui les rendraient indépendants et les soustrairaient à l'autorité royale. Le refus qu'on opposa à leurs exigences amena la révolte et une tentative de guerre civile. Les princes quittèrent la cour et se retirèrent à Mézières pour concerter leur projet de rébellion. Cette ville placée sur les frontières du royaume fut choisie pour servir de rendez-vous à tous les mécontents, parce qu'elle était aux mains de l'un des révoltés et parce que le voisinage de Sedan où dominaient les protestants, pouvait fournir un précieux concours au parti des rebelles.

La nation ne voyait pas sans effroi cette nouvelle levée de boucliers, elle redoutait avec raison de voir retomber sur elle le poids de la guerre et les ruines qu'elle traîne à sa suite. Lorsqu'elle comprit que cette révolte n'avait d'autre mobile que les ambitions froissées et le mécontentement de quelques seigneurs orgueilleux et cupides, elle s'en désintéressa et refusa de s'y associer. Les princes arrivèrent à Mézières au mois de mai 1613 ; le duc de Bouillon, toujours partisan des intrigues contre la royauté, ne manqua pas d'embrasser le parti des mécontents. Celui qui commandait dans la citadelle ayant refusé de leur livrer la place, le duc de Rethel rassembla tous les habitants de ses terres en état de porter les armes, fit venir de son château de la Cassine l'artillerie et les munitions nécessaires pour entreprendre le siège de la forteresse. Le prince de Sedan lui envoya un train d'artillerie et les soldats qu'il avait levés dans sa principauté. Toutes ces forces réunies intimidèrent les défenseurs de la place qui se trouvaient sans munitions et sans espérance de secours ; ils remirent la citadelle aux mains de Charles de Gonzague qui la fit occuper par ses troupes. Les habitants de la ville dont ces menées troublaient le repos et inquiétaient le patriotisme, firent demander la démolition de la citadelle aux conférences qui se tinrent à Sainte-Ménehould pour aviser aux moyens d'assurer la paix. Ils en obtinrent la promesse formelle, mais ne virent jamais la réalisation de leurs vœux ; c'était un asile trop précieux pour que des factieux consentent à s'en priver. On le vit bien deux ans plus tard ; la révolte un instant apaisée se réveilla et Mézières servit encore de refuge aux mécontents. Charles de Gonzague s'y retira avec sa famille, exigea de la ville une somme de quinze cents écus et fit vivre à discrétion de la cavalerie chez ceux qui se montraient récalcitrants. Enfin il ordonna à tous les bourgeois de se pourvoir de vivres pour six mois, sous peine d'être chassés. (*Arch. de Mézières, C. C. 42. Mémoire du chevalier de Chatillon*).

Cette nouvelle révolte des princes fut vite comprimée par l'autorité royale. Le duc de Guise fut envoyé dans les Ardennes avec une armée suffisante pour en imposer aux rebelles et les faire rentrer dans le devoir et l'obéissance. Il leur prit la forteresse de Richecourt, près Vouziers, et la fit raser ; il s'empara successivement de Château-Porcien, de Wasigny et de Rethel, où les princes entretenaient des garnisons dévouées à leur parti. Il marchait sur Mézières pour en entreprendre le siège, lorsque le duc de Rethel et ses complices firent leur soumission et acceptèrent le pardon que la cour consentit à leur accorder.

Cette expédition, dont les résultats étaient si avantageux pour la nation, fut désastreuse pour nos contrées. « Le siège de cette « ville, dit l'annaliste de Château-Porcien, a causé la ruine du « pays, quoiqu'il y avoit bon règlement dans l'armée et bonne

« justice. » (*Taté*). A Rethel, beaucoup d'habitants avaient quitté
la ville pour ne pas servir contre le roi, « préférant le salut de
« leurs âmes à la perte de tous leurs biens. » La plupart des
hommes en état de porter les armes suivirent le duc de Guise
pour échapper à la misère qui régnait dans leur ville. (*Jolibois*).

Quelques années après, Richelieu était appelé, comme ministre d'état, à prendre la direction des affaires de la France. Il fit
sentir aux princes et aux seigneurs qu'ils devaient respecter le
repos de l'Etat et que le châtiment saurait atteindre tous les
coupables quelle que fut leur condition. « C'est une chose inique,
« disait-il au roi, que de vouloir donner exemple par la punition
« des petits qui ne portent point d'ombrage ; et, ainsi qu'il faut
« bien traiter les grands faisant le bien, c'est eux aussi qu'il
« faut plutôt tenir en discipline. »

N'ayant, dit-il encore, ni affection ni haine pour personne, il
exerça une suprême magistrature d'ordre public et réprima avec
une justice inexorable toutes les conspirations contre l'autorité
du roi ou contre l'ordre public. Plusieurs grands seigneurs
portèrent leur tête sur l'échafaud ; on comprit alors que la loi
était la même pour tous, que le châtiment n'aurait désormais
aucun égard à la qualité des personnes. Entre-temps, Richelieu
faisait démolir les forteresses et les châteaux qui ne pouvaient
servir à la défense du pays et qui étaient une menace permanente pour la royauté, un objet de terreur pour les villes et les
campagnes, un souvenir de leur puissance et un encouragement
à la révolte pour les seigneurs turbulents. Ces mesures d'ordre
public furent accueillies avec joie par les populations qui
payaient toujours, en victimes innocentes, les conséquences des
guerres civiles.

Au milieu de l'année 1622, nos contrées furent en proie à de
vives alarmes par l'arrivée, sur la Meuse, d'une armée étrangère. Le prince de Sedan, que les calvinistes de France considé-
raient toujours comme leur chef, avait appelé à leur secours
Ernest de Mansfeld, bâtard de Saxe, et Christien de Brunswick,
usurpateur de l'évêché d'Halberstat. Leur armée qui comptait
18.000 combattants et un nombre égal de valets et de femmes,
venait de ravager la Lorraine ; elle entra dans les Ardennes et
s'établit entre la Chiers et la Meuse. A son approche, les habitants des villages quittaient leurs demeures pour s'enfuir dans
les bois ou dans les villes fortifiées ; ceux de Rethel se réfugiaient à Reims et ceux de Reims à Paris, emportant leurs effets
ou cachant leurs meubles dans la terre. Cet effroi n'était pas

chimérique, car l'armée exerçait le pillage et semait l'incendie dans tous les lieux où elle passait. Les populations savaient qu'il n'y avait aucune merci à attendre de ces troupes qui étaient ennemies de la foi catholique et dont le chef avait arboré cette devise : *Ami de Dieu et ennemi des prêtres.* Le roi avait envoyé une armée sur la frontière pour les empêcher de pénétrer en France ; le prince de Sedan ne tarda pas à se repentir d'avoir appelé ces hôtes importuns qui n'épargnaient pas ses terres dans leurs courses pour se procurer des vivres. Il les engagea à se retirer dans la Hollande où les protestants pourraient utiliser leurs services. Décimés par la maladie et par la faim, ils prirent leur route par la Thiérache pour pénétrer en Belgique. Nos villages se trouvaient sur la route suivie par ces aventuriers ; ils eurent à subir leurs vexations et leur pillage. Lorsque les soldats de Mansfeld pénétrèrent dans le pays de Namur, ils se heurtèrent aux troupes espagnoles qui leur firent essuyer une sanglante défaite. Christien de Brunswick fut blessé et perdit huit à dix mille hommes de son armée. *(Ganneron, Lelong, Robaulx de Soumois).*

Le séjour de l'ennemi sur les bords de la Meuse occasionna une maladie contagieuse qui enleva deux mille personnes ; une rue de Sedan perdit tous ses habitants. Enfin un troisième fléau, la famine, frappa ceux que la guerre et la maladie avaient épargnés. « Il semble, dit l'annaliste, que Dieu décocha tous « ses fléaux la dite année sur son peuple. Ceux qui vescurent « jusques à l'an 1623 eurent le contentement de voir l'abondance « des biens de la terre qui effacèrent la stérilité de l'année « passée. » *(Ganneron).*

Douze années d'une paix relative permirent à nos populations de réparer les pertes et de relever les ruines qu'elles venaient d'éprouver. En 1635, commence une période de nouveaux malheurs qui rappellent ceux de la Guerre de Cent ans. En déclarant la guerre à l'Autriche, soutenue par l'Espagne, la France déchaîna sur nos contrées tous les fléaux que la guerre traîne à sa suite. Les frontières en souffrirent particulièrement ; or, nous étions sur les confins du Luxembourg, des Pays-Bas et de la Flandre, qui étaient alors provinces espagnoles. Cette situation géographique nous valut de fréquents passages des armées qui, amies ou ennemies, ne laissaient que des ruines derrière elles. Plusieurs fois, ces armées se heurtèrent dans nos Ardennes en des conflits sanglants et se disputèrent la possession des villes fortifiées. Ces hostilités durèrent vingt-cinq ans, long quart de siècle, pendant lequel les populations ne pouvaient que compter leurs ruines, sans jamais espérer les restaurer.

Les récits que les chroniqueurs nous ont laissés de ces longues et pénibles épreuves, sont si lamentables que nous hésiterions à les croire s'ils n'étaient affirmés par les relations officielles ou par le témoignage de personnes dont l'honorabilité est un garant de la sincérité des faits qu'ils rapportent. « L'histoire « humaine semble finie quand on entre dans cette période de « notre vie nationale : plus d'hommes et plus de nations, seule- « ment la brutalité de la guerre et son rude outil, le soldat. « C'est son règne, on lui livre le peuple, biens et vie, âmes et « corps, hommes, femmes, enfants. Quiconque a au côté un « pied de fer est roi et fait tout ce qu'il veut. L'horreur du sac « des villes et les affreuses joies du pillage renouvelées tous « les jours sur des villages tout ouverts et des familles sans « défense ; partout l'homme battu, pillé, mis à mort ; la femme « passant de main en main ; les récoltes saccagées, les maisons « livrées aux flammes. » (*Michelet*). Tel est le bilan de ces vingt-cinq années de guerre.

La désolation que les armées répandaient sur leur passage ne doit pas nous étonner si nous considérons les éléments dont elles étaient composées. « L'infanterie recrutée par argent dans « les tavernes des villes, ou par la force dans les campagnes, « ne faisait la guerre que pour le pillage. » (*Lavallée*). C'était un ramassis de bandits, souvent déguenillés, étrangers au point d'honneur et à tout sentiment d'humanité. Les armes seules la distinguaient du reste de la nation, distinction dangereuse entre ses mains et dont elle usait trop souvent pour commettre des actes de pillage et de violence. La cavalerie ne comptait guère, dans ses rangs, que des nobles pleins de valeur, qui se ruinaient par le luxe de leurs armes et ruinaient le pays par leurs équipages. A côté de ces corps nationaux, il fallait compter les troupes étrangères, qui n'avaient aucune pitié pour un pays où elles ne servaient qu'en passant, dont elles ignoraient la langue et souvent détestaient les opinions religieuses ; c'était l'histoire de ces corps allemands, suédois et polonais que la France avait pris à son service. Nos provinces ont gardé un impérissable souvenir de ces terribles bandes. L'effroi avait été grand lorsque un corps d'armée, composé de Polonais, Croates et Hongrois, pénétra en France au printemps de l'année 1636. C'étaient des aventuriers que leurs longues luttes contre les Turcs avaient habitués à la férocité. Enrôlés sans solde, dépourvus de provisions, ils vivaient des chances du hasard et du pillage ; la guerre cruelle et sans merci était la seule qu'ils pratiquaient. A leur approche, les populations s'enfuyaient dans les villes ou dans les forêts. « Ils bruslèrent « un village près Mouson, où ils prirent pareillement quelques « femmes qu'ils jectèrent dans le feu et les bruslèrent jusques « au nombre de dix ou douze. » (*Ganneron*). Au mois de juin, ils entrèrent par Regniowez, brûlèrent Eteignères, La Neuville, Tarzy, Fligny, Signy et Blombay, dont les habitants réfugiés dans l'église furent dévorés par les flammes. (*D. Lelong*).

L'armée du baron d'Erlac a laissé un souvenir tout aussi détesté ; la mémoire en est restée si vivace que le nom de *Derlaque* est encore synonyme de mauvais sujet, vagabond ou brigand. Cette armée qui était composée des mêmes éléments que la précédente, était alors au service de la France. Turenne qui l'avait commandée dans ses campagnes d'Allemagne, lui avait laissé prendre des habitudes d'indiscipie et de brigandage ; c'est Erlac qui le confesse dans une lettre qu'il écrit au ministre Mazarin : « L'indulgence et le libertinage dans « lesquels M. de Turenne les a entretenues sans avoir jamais « fait de punition exemplaire parmi elles, les a tellement « confirmées dans cette habitude qu'il est impossible de les « réprimer, quelque peine qu'on y apporte. » L'armée d'Erlac séjourna plusieurs années dans la Champagne, la Thiérache et la Picardie ; une plume honnête se refuse à rapporter toutes les abominations qu'elle y commit. Dans l'impuissance où il se voyait de réprimer ces désordres, Erlac quitta ses troupes indisciplinées et alla mourir de honte et de chagrin dans une ville d'Alsace ; trois jours avant sa mort, le roi l'avait nommé maréchal de France. Sous Rosen, successeur d'Erlac, les mêmes désordres continuèrent. A Rozoy-sur-Serre, il demande, par lettre, le bourreau de Rethel pour exécuter quelques pillards de son armée. Les plaintes contre ces troupes devinrent si pressantes et si universelles, que deux chefs d'armée donnèrent à leurs soldats l'ordre de charger les troupes de Rosen comme celles de l'ennemi.

Il ne serait pas juste de faire retomber sur l'indiscipline des armées toute la responsabilité des crimes qui se commirent ; l'administration doit prendre une large part des reproches que l'historien ne peut retenir à la vue de ces désordres. L'intendance militaire existait à peine, les contributions levées pour l'entretien des armées étaient rarement appliquées à cette fin. Les troupes, privées de solde, d'approvisionnements et de vivres, devaient nécessairement vivre aux dépens du pays, ami ou ennemi, sur lequel elles passaient. La détresse était parfois si pressante que les soldats vendaient leur équipement pour se procurer quelque nourriture. Un caporal de la compagnie de Chertong avait été condamné aux galères pour certains méfaits, Rosen demande qu'on l'envoie dans sa compagnie où il sera réellement aux galères tout en servant le roi. (*Arch. de Rethel, Correspondance*).

Pour se mettre à l'abri de ces désastres, beaucoup de villages élevèrent, à la hâte, des fortifications passagères. Ils cherchaient à se soustraire aux rapines des gens de guerre et à défendre la vie des habitants contre les surprises d'un ennemi implacable. Les châteaux, les églises servaient de refuge, lorsque l'approche des troupes était signalée. Ceux qui manquaient de cette ressource, se retiraient dans les bois ou dans des souterrains qu'on avait préparés pour servir de *caches*.

Toutes ces mesures que la nécessité commandait, ne parvenaient pas toujours à protéger la vie et les meubles des malheureuses populations. Elles étaient à la merci de soldats habitués de longue date au pillage et réfractaires à tout sentiment d'humanité. Le témoignage de ceux qui furent les contemporains de ces épreuves supportées par nos pères, nous dévoile les désordres et les brigandages commis par les gens de guerre de cette époque.

« Sont-ils en campagne, dit *Oudard Coquault*, ces voleurs
« qui n'ont aultre mestier, c'est de penser pour sortir du village
« ou de la ville où ils sont d'exiger des habitans tout ce qu'ils
« peuvent d'argent, et donnent à entendre qu'à moins de leur
« donner plus ou moins, selon que les lieux sont gros, qu'ils ne
« sortiront point, que leur ordre est d'y rester et d'y vivre à
« discrétion. Enfin la crainte saisit les villageois et habitans
« des villes ; pour les faire sortir on leur donne en communaulté
« une grande somme ; et cela n'empêche pas que les particuliers
« qui les ont en leur logis, ne donnent encore pour éviter à la
« sortie rupture de leur maison ou vol de leurs chevaux... Pour
« ceste sortie ils préméditent de tirer à ung aultre village qu'il
« semble n'appartenir à personne qui les puisse empescher d'y
« loger et voler ; et pour l'aborder surprennent le peuple,
« investissent le village, attrapent le troupeau du bestail et
« entrent par battures et excez ; bref, le mal qui ne se commet

« point, ce n'est pas la crainte de Dieu ni celle des loix, car il
« n'y en a point pour eulx, mais celuy qu'ils n'ont ny le pou-
« voir ny l'occasion de faire... Chacun fait sa composition pour
« son particulier et rachepte ses chevaulx et vaches... Enfin,
« ils vont de villages en aultres, brigandans, ayans toute licence
« de voler soit sur les grands chemins soit sur leurs hôtes,
« permission de prendre tous chevaux, vaches, bestail, grain,
« vin. » Si le paysan essaye de défendre son bien, il est maltraité ou mis à mort, sa femme est outragée, on incendie sa
maison, on ravage ses récoltes ; des escadrons de quinze ou
vingt chevaux de front foulent ses blés ou ses vignes.

Lorsque, à la fin de la campagne, les troupes prenaient leurs
quartiers d'hiver, la situation des villages n'était pas moins
lamentable. Voici ce que nous trouvons dans une chronique
contemporaine : « Sur la fin de janvier (1637), il arriva grande
« gendarmerie au pays pour hyverner, avec un grand dégast et
« ravage qu'on ne peut priser... Le village de Brieules fut le plus
« foulé de tous. Les soldats étoient bien huit cents dedans. Le
« vin qu'on leur donnoit n'estoit pas assez bon pour eux, il leur
« en falloit trouver ailleurs. Ils tuoient tous les bestiaux, et ne
« bougeoient de table tout le jour, et avant leur coucher il
« falloit que leur hoste leur donnast par teste vingt sols, et ceux
« qui ne vouloient ou ne pouvoient payer, on leur chauffoit les
« pieds et plusieurs y eurent les bras rompuz. Ils découvrirent
« les maisons pour en avoir le bois ; on veid en peu de temps
« des rues audit village où il n'y avoit plus d'apparence d'édi-
« fices. Ils enlevèrent tout le bled qu'ils purent trouver audit
« village et ès environs et en envoyèrent deux cens septiers à
« Sedan. Ils trainoient avec eux chariots et charettes avec
« lesquels ils emportoient tous les meubles, coffres, pots,
« écuelles, platines de cheminée et générallement tout, comme
« si c'eust esté au sac d'une ville ennemye. » *(D. Ganneron).*

Le supplice du feu était le moyen favori qu'employaient ces
brigands soldats pour extorquer au paysan son peu d'argent
ou pour lui arracher le secret de ses *caches.* « Au commence-
« ment de caresme (1638) les soldats vinrent à T. et n'y trouvans
« guères de monde, ils lioient quelques habitans, et ayant fait
« chauffer leur four menaçoient de les jecter dedans s'ils ne
« chantoient, mais comme le pauvre monde n'estoit riche qu'en
« misères et disettes, plusieurs y eurent les pieds chauffez.
« D'autres prenoient les petits enfans et les chauffoient bien
« fort et après cela les rouloient dans la neige, le tout afin que

« les parens donnassent la pièce. Dans le même temps le bourg
« d'Attigny n'avoit pas une maison qu'elle ne fust descouverte
« pour en avoir le boys pour chauffer les soldats. » (*D. Ganneron.)* Ceux qui commettaient ces atrocités étaient des soldats
au service de la France ; ne recevant ni solde ni approvisionnements ils s'attribuaient toute licence dans le pays où les hasards
de la guerre les poussaient.

Lorsque la France était ainsi traitée par ses défenseurs,
quelle humanité pouvait-elle attendre de ses ennemis ? En
quelques années, toutes les provinces furent couvertes de ruines.
A la vue de ces calamités, les consciences honnêtes se révoltent ;
en 1648, un magistrat intègre ne craint pas de montrer à la
reine l'affligeant tableau des malheurs qui ruinent le pays :
« Il y a dix ans que la campagne est ruinée ; les paysans
« réduits à coucher sur la paille, leurs meubles vendus pour le
« payement des impositions auxquelles ils ne peuvent satisfaire,
« et que des millions d'âmes innocentes sont obligées de vivre
« de pain, de son et d'avoine, et n'espérer d'autre protection
« que celle de leur impuissance. Ces malheureux ne possèdent
« aucuns biens en propriété que leurs âmes parce qu'elles n'ont
« pu être vendues à l'encan... Tout le royaume est languissant,
« affaibli par les levées extraordinaires des deniers qui sont le
« sang du peuple et le nerf de l'Etat... Considérez la calamité
« des provinces, dans lesquelles l'espérance de la paix, l'hon-
« neur des batailles gagnées, la gloire des provinces conquises
« ne peuvent nourrir ceux qui n'ont point de pain. » *(Omer
Talon).*

Mathieu Molé, premier président au parlement, est remarqué
pour sa modération conciliante et son dévouement à la cause
française. Le tableau qu'il fait de cette époque n'est pas moins
sombre : « Votre Majesté, dit-il à la reine, m'entendra exposer
« l'extrémité des souffrances du peuple. Chacun, selon sa posi-
« tion, ressent le poids pesant des charges de l'Etat... Il est
« plus difficile, au milieu de la France, en cette terre qui sert
« d'asile à tous, de passer d'une province à l'autre ou même de
« sortir de sa maison que d'entrer en pays ennemi... Les labou-
« reurs seront bientôt contraints d'abandonner leur travail, de
« de quitter leurs familles et leurs maisons pour demander
« leur vie de porte en porte. On exerce contre eux mille vio-
« lences à main armée pour le payement des tailles. Ceux qui
« sont préposés pour les garantir les oppriment, afin de satis-
« faire l'avidité de gens qui seuls tirent profit des malheurs

« publics... Si un prompt secours n'y est apporté, la campagne
« ne sera bientôt plus qu'un désert. »

Notons que ces magistrats ne parlent que de la situation générale de la France ; s'ils avaient voulu montrer la condition de
nos provinces frontières, ils auraient dû mettre à leur tableau
des couleurs encore plus sombres. En outre les maux qu'ils
signalent en 1648 devaient être portés à l'extrême par les onze
années de guerre qui suivirent leurs remontrances.

Suivons la marche des armées dans nos Ardennes, nous constaterons la ruine et la désolation dans tous les lieux où elles ont
passé. Nous avons pour nous guider dans notre récit les relations que nous ont laissées les annalistes de cette époque, les
enquêtes faites par les officiers de justice, les notes que les curés
ont consignées sur les registres de catholicité de leurs paroisses.
Comme aucune localité ne fut épargnée, ce que nous allons dire
de quelques-unes peut s'appliquer, dans certaine mesure, à toutes
les autres.

En 1635, la France a déclaré la guerre à l'empire soutenu par
l'Espagne ; le premier choc doit se produire dans le Luxembourg. Au printemps, 35,000 hommes, commandés par les maréchaux de Châtillon et de Brezé, se rassemblent sur la frontière,
avec mission d'envahir les provinces espagnoles par Mézières
et Bouillon. L'armée, pour les causes que nous avons rappelées
plus haut, vit à discrétion dans le pays où elle passe. A son
approche, les populations de la vallée de la Vence sont frappées
de terreur ; pour soustraire leurs bestiaux à la rapacité du
soldat, « les gens de guerre les prenoient, » ils les conduisent au
delà de la Meuse, dans la prairie de Lumes. Ce dernier village
eut à entretenir pendant quinze jours les gardes du maréchal de
Brézé ; un régiment d'Ecossais y séjourna trois jours ; enfin un
régiment de Liégeois s'y arrêta également. Les soldats fauchè-
rent les grains encore verts, pour nourrir leurs chevaux. La
récolte de l'année en céréales et en fourrages fut perdue.

A Elaire, les soldats restent une semaine ; ils enlèvent les
chevaux des cultivateurs et mettent ceux-ci dans l'impossibilité
de labourer et d'ensemencer leurs champs. A Nouzon, ils brûlent tous les bois qu'un marchand de Monthermé avait rassem-
blés sur la Meuse. (*Arch. des Ardennes. B. Enquêtes*).

Après avoir obtenu quelques succès passagers dans le Luxembourg, l'armée française fut contrainte de repasser la frontière,
laissant le pays dévasté par les horreurs de la guerre.

L'année suivante (1636), les Espagnols prennent leur revanche

et cherchent à envahir la France. « Louis de Bourbon, comte de
« Soissons, avait été envoyé du roy en cette frontière pour la
« conserver. Mais comme les soldats estoient mal payez, on leur
« assigna quelques contributions sur les villages prochains,
« mais comme les villages estoient vuides d'habitans ou habitez
« seulement de pauvres qui n'avoient pas de pain à manger, ils
« endurèrent beaucoup de disette... Ce fut donc alors qu'ils
« commencèrent de détrousser les allans et venans, et falloit
« aller par bandes en campagne pour échasper leurs mains...
« Ils ostoient les habits, chappeaux, souliers aux passans, et
« après avoir enlevé les chevaux et les bestiaux, ils les alloient
« vendre aux marchez prochains, disans qu'ils les avoient
« enlevés sur les ennemis. » *(Ganneron)*.

Cette armée avait pour mission de garder les passages de la
Meuse entre Mézières et Stenay. Les villages voisins de Mézières
eurent encore à souffrir de la présence de ces troupes. Les cultivateurs et les fermiers de Villers-Semeuse témoignent, dans
une enquête, que l'armée royale, sous la conduite du comte de
Soissons, s'est fait héberger pendant quatre jours. Les habitants
ont été contraints d'abandonner leurs maisons, les récoltes ont
été anéanties, les chariots, charrues, portes, clôtures, arbres,
ont été brûlés. Jean Colsonnet, fermier de la seigneurie, a perdu
220 moutons, 1 jument, 1 poulain, 4 veaux, 2 porcs, 40 paires
d'oies.

A Elaire, où le comte de Soissons fit la revue de ses troupes,
au mois de juillet, toutes les récoltes ont été foulées ; un régiment y a vécu à discrétion. Le village de Mohon ne fut pas
moins éprouvé. Pierre Persenct dépose que le village de Mohon
est ruiné par le logement des gens de guerre, qu'il a perdu le
tiers de ses habitants ; « particulièrement au mois de juillet de
« l'annee 1636, il y logea cinq ou six régimens de gens de pied
« et cinq cornettes de cavalerye alors du passage de l'armée
« conduite par Mgr le comte de Soissons, qui y ont séjourné
« cinq jours entiers, pendant leq. temps ils feirent grands des-
« gats aux grains et ont pasturé les empouilles ; ils passèrent
« et feirent passer leurs chevaulx, chariots et bagages dans
« lesd. empouilles où ils ont faict de grands dommages. »

La présence du comte de Soissons avec ses troupes donna le
résultat qu'on espérait ; l'armée ennemie, qui s'était avancée sur
la Meuse, près de Mouzon, ne put entrer en Champagne. Elle
se retira vers le nord, en longeant les frontières de la France.
Pendant cette marche, elle mit à sac les villages voisins de la

route qu'elle suivait. Rien n'est plus triste que le récit des cruautés que l'ennemi a exercées à Gespunsart et autres villages dépendant de la principauté de Château-Regnault. Jean Lebrun dépose, sous la foi du serment, que depuis le passage de l'armée française, « les soldats espaignols et subjects ont faict des des-
« centes et des courses au lieu de Gespunsart et particulière-
« ment le 13ᵉ d'apvril de l'année 1636, y estans venus avecq
« grande force de cavallerie, ils s'approchèrent des barrières
« que les habitans gardoient et les forcèrent, ayant contrainct
« lesd. habitans de se retirer dans leur église et forts, et pour
« ce que ils se deffendirent et que les ennemis ne les peurent
« vaincre, ils meirent le feu par tout le villaige en sorte qu'il y
« a eu quatre vingt dix maisons ou logemens bruslé avecq les
« fourraiges, grains, meubles, et y resta seulement quarante
« deux maisons y comprises quelquunes où le feu fut esteint
« après la retraite des ennemis. »

Mᵉ Jacques Docquin, curé de Failloué, témoigne que « depuis
« la desfecte de l'armée de sa majesté et l'ouverture de la guerre
« entre les deux couronnes, les soldats ennemis avec aulcuns
« bourgeois et habitans des villages de Luxembourg ont faict
« plusieurs courses et incursions ausdicts quatre villages des
« Rivières, esquels ils ont tuez plusieurs hômes, quelques
« enfans, même ont pris à rançon des hommes, emmené et pris
« les bestailles, mis le feu par deux fois à Sorendal et une autre
« fois à Failloué, pillé l'esglise dud. Failloué, rompu une ismage
« de la Vierge et un ciboire, mesme emporté le vaisseau où
« reposoit le Saint Sacrement et ont emporté un calice et plu-
« sieurs ornemens servant à lad. esglise ; ce qui a nécessité et
« contraint les habitans de se retirer dans les bois et rochers
« avec leurs fêmes et enfans où le déposant n'estime pas qu'ils
« puissent subsister longtemps, outre qu'ils sont pauvres
« (n'ayant pour vivre que l'élevage du bétail et le sartage des
« bois). » D'autres témoins entendus dans la même enquête, disent que ceux des habitants qui n'ont pu se réfugier à Mézières ou à Charleville, se sont construit des huttes dans les bois ou sous les rochers. Quarante sont morts de maladie, d'autres ont été tués ; plusieurs, pressés par la détresse, se sont faits soldats à Linchamp. *(Arch. des Ardennes B. Enquêtes).*

L'armée ennemie passa la Meuse à Givet, au mois de juin, et entra en France par Chimay. C'est alors qu'elle incendia les villages d'Eteignères, la Neuville, Tarzy, Fligny, Signy-le-Petit et Blombay. *(D. Lelong).* « Partout les lieux où l'armée ennemye a passé, elle a brûlé et pillé tous les bourgs et villages, comme aussi pillé la plus grande partie des églises et réduit les curés aussi bien que les diocésains à abandonner le diocèse à cause des violences et des cruautés que lesdits ennemis exercoient sur eux. *(Arch. de l'Aisne. Enquêtes).*

Ces actes de violence étaient commis par l'armée que nous avons vue sur la Meuse, au printemps de cette année ; sa férocité était signalée par les ruines qu'elle laissait après son passage. « En 1636, les Croates de Jean de Werth avaient égorgé « jusqu'aux enfants au berceau, tué les femmes et emmené un « grand nombre d'habitans. Ceux qui restaient furent obligés « non seulement de quitter leurs labours, mais de se retirer « dans les bois et de faire grands frais pour creuser des carriè- « res pour se mettre en sureté ; ils furent tant fatigués et travail- « lés d'effroi que la plupart moururent de maladie et qu'ils « perdirent un grand nombre de chevaux pour les avoir rete- « nus dans les carrières. » *(Ed. Fleury cité par A. Feillet).*

Les populations, terrorisées par l'ennemi, avaient perdu tous leurs moyens de subsistance ; elles offraient dès lors une proie toute préparée à un fléau aussi redoutable, la peste, qui vint décimer ceux que la guerre voulait épargner. Elle causa une mortalité effrayante dans nos Ardennes. Dom Ganneron rapporte que la peste apparut sur la fin du mois de juin 1636, qu'elle fit vingt mille victimes entre Sedan et Verdun : 1.500 à Mouzon, 1.600 sur les terres de Mouzon, 800 à Mézières, 500 au Chesne, 600 à Beaumont, etc. D'autres documents nous apprennent que l'épidémie fit périr 150 habitants à Gespunsart, 130 à Monthermé, 40 aux Hautes-Rivières. A Nouvion la contagion se déclara à la fin du mois d'août et y régna pendant près de trois mois. « La maladie estoit sy grande aud. Nouvion que « ceulx qui estoient demeurés aud. lieu ne fréquentoient plus à « l'esglise, ains alloient partye en celle de Lumes et autres « lieux où ils croioient estre admis. » *(Arch. des Ardennes. B. Enquêtes).* La crainte du fléau poussait ceux qui étaient indemnes à se réfugier dans les lieux non contaminés. Des habitants de Mouzon et de Mézières s'étaient rétirés à La Cassine, par crainte de la contagion. *(Arch. de Vendresse).*

L'épidémie se donna quelque répit en hiver, mais elle reparut dès le printemps de l'année suivante. Au mois de mars elle commença à sévir à Sedan qui avait été moins atteint précédemment. A Vendresse le fléau fit 200 victimes dans l'espace de six mois. Rethel qui avait déjà souffert de la peste en 1632, en fut de nouveau affligé cette année ; deux religieux qui assistaient les pestiférés, moururent victimes de leur charitable dévouement. Renwez, Harcy, Warcq, Semeuse payèrent aussi leur tribut à l'impitoyable contagion qui était bien la peste : « les malades « étaient atteints d'apostumes et de plaies charbonneuses. » (*Enquête sur Semeuse.*) Peu de villages furent épargnés. Pour combattre le fléau on usait des mesures que nous avons vu employer au xvime siècle. Dès qu'une personne manifestait les symptômes du mal, on la reléguait dans une hutte ou logette construite dans les champs ; elle ne communiquait qu'avec le médecin et les personnes chargées de l'assister. Après son décès on l'enterrait dans le champ et la hutte était brulée.

Dans ces jours, nos ancêtres ont subi tous les maux à la fois, le pillage, l'incendie, la famine, les violences, les meurtres, la peste. Comme ils ont dû maudire la guerre et ceux qui la déchainent ! Cependant la guerre se continuait, les armées ne cessaient de fouler le pays. « Au mois de may de la ditte année « 1637, l'armée du Roy vint camper en ce pays. Tous les villages « estoient abbandonnés à cause des soldats et l'on faisoit four- « nir les vivres et choses nécessaires à l'armée par les villages « de plus de dix lieues à la ronde. Plusieurs villages ne voulu- « rent rien contribuer, mais on les y a contraint par un detta- « chement de l'armée que l'on a envoyé. » (*Jean Taté.*) Au mois de mars 1637 les habitants de Belval sont taxés à une contribu- tion journalière de six livres pour l'entretien des chevaux-légers qui tiennent garnison à Donchery. Cette imposition est une lourde charge pour les habitants qui, après quelques mois, refusent de l'acquitter ; ils ne tardèrent pas à s'en repentir. Une troupe vint lever la contribution et emmena deux cultivateurs, Pierre Oudet et Jean Frerelet. (*Arch. des Ardennes, B. Enquê- tes.*)

Les armées françaises occupaient plus de quatre-vingts villa- ges du pays. « Chaque soldat avoit de contribution 40 sols, et « cependant ils tortionnoient les habitans et leurs hostes comme « s'ils eussent esté ennemys. » (*Ganneron.*) De leur côté les Espagnols ne cessaient de faire des courses sur la frontière. Dans une de ces courses, ils mirent à mort, au Pont-des-Aunes, un habitant des Mazures nommé Jean Nonnon ; l'infortuné laissait à Poncette Mélier, sa veuve, cinq enfants en bas âge. (*Bailliage de Montcornet.*) Ailleurs ils rançonnaient les popula- tions et enlevaient les bestiaux. La petite ville d'Yvois, sur la Chiers, qui était en la possession des ennemis, leur offrait une retraite assurée pour mettre en sûreté le produit de leurs pillages. Les Français avaient réussi à s'emparer de cette place, mais ils ne surent la conserver et le pays resta à la discrétion de l'ennemi.

L'année 1638 voit les mêmes maux se continuer. « Tous les « villages jusqu'à Verdun sont désers, tant à cause des courses « des ennemis que du séjour des soldats français. Toute la « frontière, depuis la Champagne jusqu'à Calais, est désolée, « délaissée des habitans qui se sont retirez dans les villes, s'ils « ont de quoy, ou dans les forêts prochaines où ils se bâtissent « des toicts de terre et de rameaux. La peste qui avoit fait tant « de dégast en ce pays, l'an passé, parut encore en quelques « endroits. Les chevaux eurent leur tour vers le mesme temps, « car la contagion se mesla parmi eux, tous mouroient. » (Ganneron.) La misère fut profonde dans toutes les classes de la société : l'ouvrier se trouvait sans travail, les champs restaient sans culture, les fermiers ne pouvaient remplir leurs engagements à l'égard des propriétaires, l'insécurité des chemins rendait impossibles toutes les branches de commerce. Aussi l'annaliste dit qu'en 1639 les misères des années précédentes continuent toujours. Les événements qui se déroulent dans nos Ardennes ne sont pas de ceux qui apportent du soulagement aux maux dont souffrent les populations. Le passage des armées, le siège des villes remplissent cette année et ajoutent une nouvelle page au douloureux martyrologe de nos villages.

Les ennemis se tenaient toujours sur la frontière et continuaient leurs courses et leurs pillages. Au printemps de l'année 1639, ils viennent assiéger la ville de Mouzon qui se trouvait alors sans garnison sérieuse. Pendant le siège, les coureurs espagnols s'abattent sur nos contrées et poussent leurs ravages jusque Blombay qu'ils incendient de nouveau, à l'exception de dix-huit maisons. Le maréchal de Châtillon, que le roi envoya avec une armée pour secourir Mouzon, fut assez heureux pour faire lever le siège et repousser l'ennemi au delà des frontières. Ce succès passager ne pouvait procurer aucun adoucissement à la misère dont souffraient les habitants des campagnes. La présence des troupes royales était aussi funeste que celle des ennemis.

Après avoir dégagé Mouzon, le maréchal se rendait en Picardie pour rejoindre l'armée du roi, lorsqu'il la rencontra se dirigeant sur nos frontières. Louis XIII avait formé le projet de s'emparer de la ville d'Yvoix qui servait de refuge aux pillards ennemis ; il amenait son armée pour en faire le siège. Le roi arriva à Mézières le 25 juillet avec Richelieu, son ministre d'état. Le lendemain, après avoir entendu la messe à l'église paroissiale, il alla visiter les travaux d'une forteresse qu'il faisait bâtir sur le mont Olympe. Le même jour, il partit sur Mouzon pour prendre part au siège d'Yvoix. En quatre jours la ville fut prise ; le roi en fit raser les fortifications et l'incorpora à la France. Au siècle suivant, cette ville perdit son nom et commença à s'appeler Carignan.

Le passage de ces armées, à l'aller et au retour, fut une lourde charge pour le pays. Partout les pauvres habitants font entendre des plaintes et des doléances. Ceux de Prix ont eu à héberger quatre compagnies des gardes du roi ; après leur départ, on constate que toutes les empouilles et les herbes des prés ont été mangées par la cavalerie. A Warc, la compagnie d'arquebusiers à cheval du commandant Colignon arrive à la Saint-Jean et y séjourne un mois. Au mois d'août, deux compagnies de cavalerie remplacent la première et font un séjour de six semaines, vivant à discrétion. Les récoltes sont perdues pour les infortunés cultivateurs. A Etion, les soldats forcent l'église où les habitants avaient renfermé leurs meubles ; ils s'emparent des lits et en répandent la plume sur la place publique. *(Arch. des Ardennes, B., Enquêtes.)* La nécessité de maintenir des troupes sur la frontière ne laissait aucun répit aux gens de la campagne.

L'année 1640 semble avoir été moins dure pour nos populations ; l'effort de la guerre s'était porté ailleurs. Nous ne voyons que le passage de l'armée royale, sous les ordres du marquis de la Meilleraye, allant assiéger Charlemont. Cette expédition ne fut pas heureuse pour les armes françaises ; des pluies continuelles et le manque de vivres auxquels se joignit la trahison, contraignirent la Meilleray de lever le siège. Un canonier allemand qui avait été au service de l'ennemi, était venu s'enrôler dans l'armée française ; il mit le feu aux poudres qui étaient remisées dans l'église d'Aubrives. « Le bâtiment fut renversé « si parfaitement qu'on n'aurait pas dit qu'il y en eut jamais eu « en cet endroit. Il y avoit dans cette église quatre-vingts mil-« liers de poudre, plus de trois cens bombes, une infinité de « boulets ; tout cela fut perdu. » *(D. Calmet. Histoire de Lorraine).*

En 1641, notre région des Ardennes est de nouveau éprouvée par le passage et le séjour des armées. Le comte de Soissons qui avait si bien protégé la frontière en 1636, y revint en fugitif l'année suivante. Jaloux de l'autorité de Richelieu, il avait conspiré contre le premier ministre du roi. Pour se soustraire au châtiment de ses complots, il avait quitté la cour et était venu demander asile à son ami Maurice de La Tour, prince de Sedan. Il y était depuis quatre ans, lorsque Richelieu somma le prince de chasser de ses Etats le conspirateur et le traître. Maurice refusa de sacrifier l'ami qui était devenu son hôte ; ce refus alluma la guerre entre la France et le prince de Sedan. L'armée du roi essuya une défaite à la Marfée, près Sedan, où elle eut à combattre les troupes autrichiennes que les révoltés avaient appelées à leur aide. Cet échec fut vite réparé ; trois semaines après, une armée de 25,000 hommes, conduite par le roi en personne, vint mettre les rebelles à la raison et les priver des avantages qu'une première victoire leur avait procurés. La ville de Donchery dont les ennemis s'étaient emparé, fut reprise par le roi. Le prince de Sedan s'estima heureux de sauver ses états en acceptant les conditions du traité qu'il plut au roi de lui faire.

Ces événements eurent leur répercussion dans nos villages. Les troupes amenées par ces hostilités détruisent tout sur leur passage. Les procès-verbaux d'enquêtes faites à la suite du passage des armées sont unanimes pour constater la ruine du pays. L'abbaye d'Elan fut pillée par l'ennemi pendant deux jours et deux nuits, les religieux furent contraints de s'enfuir, les meubles et papiers cachés dans l'église furent pillés, « les « caches les plus secrètes mesmes celles qui estoient dans les « voultes et pilliers creux auroient esté descouvertes et pillées. » (*Déposition de Nicolas Waline*). Le village de Poix fut incendié ; « l'année 1641, les gens de l'armée du général Lamboys furent « au bourg de Poix où ils bruslèrent la plus grande partye des « maisons et bastimens dud. lieu. » (*Déposition de Simon Chauderlot*). Pendant le siège de Donchery, quatre à cinq cents cavaliers ont séjourné quinze jours au village de Warc ; leurs chevaux ont consommé toutes les récoltes. Même ruine à Belval où ont logé huit à neuf cents cavaliers de l'armée du roi. Malgré leur ruine, les populations devaient encore acquitter des taxes imposées pour l'entretien des troupes. En 1641, l'église de Tournes est dans la nécessité de vendre quinze quartiers de pré pour soulager les malheureux. D'autres vendent leurs cloches pour se procurer quelques ressources. Les communes mettent en location leurs biens communs ou les vendent à vil prix lorsqu'elles trouvent des acquéreurs. Toutes ces mesures, imposées par la nécessité, montrent bien la profonde misère qui régnait dans le peuple. Les maladies contagieuses vinrent de nouveau exercer leurs ravages sur les malheureuses populations déjà décimées par la misère. « Les infections des armes ont causé « maladies si violentes que c'est merveille de veoir combien « tant grands que petits en ont esté attaints. Quant aux mois- « sons du pays, elles ont esté faites avant temps, sans aucune « récolte, les deux armées du roy et de l'ennemy ayant sauvé « les paysans de cette peine. » (Ganneron).

En quittant Mézières où il avait reçu la soumission du prince de Sedan, le roi retourna en Picardie avec une partie de ses troupes, tandis que les autres se dirigeaient vers la Lorraine. La guerre avec l'étranger continuait toujours et la France était dans l'obligation d'entretenir plusieurs armées.

Au printemps de l'année 1642, l'armée de Picardie, comman- dée par le maréchal de Guiche, fut battue par les Espagnols ; elle vint se reposer et se refaire dans nos Ardennes. « Les « moys de juin et juillet furent fort fascheux à cause des débris « de l'armée du mareschal de Guiche, qui fut envoyée se « rafraischir. Les soldats qui avoient perdu tout leur bagage, « estoient comme au désespoir, de façon qu'ils exerçoient « toutes sortes de violences, sans qu'on y pust mettre ordre « pour ce qu'ils ne vouloient obéir ; ils couppoient les bleds, « ils brusloient les maisons. » (Ganneron).

Notre contrée eut sa part des désastres. Au mois d'août, douze à quatorze régiments de cette armée vinrent camper à Warc où ils restèrent un mois. Après avoir mangé tous les produits du lieu, ils se répandirent dans les villages voisins pour piller et chercher des subsistances. Belval hébergea pen- dant deux à trois semaines plus de quatre cents chevaux de l'artillerie ; un crime y fut commis. Des cavaliers, venus de Warc, assassinèrent Pierre Mahoudeau pour s'emparer des chevaux qui tiraient sa charrue. Les habitants de Prix traitè- rent pour trois cent cinquante livres avec un capitaine pour être exemptés des logements. Les laboureurs n'osaient sortir leurs chevaux, pour cultiver leurs terres, dans la crainte de se les voir enlever. (Arch. des Ardennes, B. Enquêtes).

Les ennemis prenaient, de leur côté, leur part du pillage. Quatorzes compagnies de cavalerie française venaient de quitter Aubigny où elles avaient ruiné toutes les moissons, lorsque les Espagnols envahissent la contrée. Ils incendient les quelques maisons qui restaient à Blombay, brûlent quarante-trois maisons à l'Echelle où les habitants avaient fait mine de se défendre, emmènent quelques prisonniers et réduisent les autres habitants à la mendicité.

Comme les précédentes, l'année 1642 ne laissait que des ruines aux populations de nos campagnes. Au printemps suivant, l'ennemi reparaît dans le pays, les Espagnols cherchent à s'emparer de Rocroi qui leur fermait l'entrée de la Champagne. Leur entreprise fut contrariée par l'arrivée d'une armée française conduite par le jeune duc d'Enghien. Ce héros de vingt-deux ans gagna sur les vieilles troupes espagnoles la bataille célèbre qui porte dans l'histoire le nom de *Bataille de Rocroi*. L'ennemi avait perdu huit mille morts et six mille prisonniers.

Le choc de ces armées ne s'était pas produit sans que les lieux circonvoisins en ressentissent le contre-coup. Une enquête faite un mois après constate l'état lamentable dans lequel se trouvent la plupart des villages. Celui des Mazures est brûlé à l'exception de dix maisons. A Aubigny, de cent quinze ménages il ne reste que l'église, le château et six maisons d'ouvriers. Au Tremblois, tous les bâtiments sont en ruine. Sévigny, réduit en cendres, n'a plus d'habitants. Chilly, incendié quatre fois, n'a plus que trois maisons. A Maubert, il n'est resté qu'une maison et deux granges, l'ennemi a enlevé les trois cloches de l'église. Partout le pillage avait précédé l'incendie ; les églises mêmes ne furent pas épargnées, surtout celles où les habitants s'étaient réfugiés avec leurs meubles. (*Arch. de Reims. Baronnie des Potées*).

Pendant que les paysans pleuraient sur les ruines de leurs demeures et les ravages de leurs champs, les citadins étaient tout à la joie à cause du succès remporté par les armées françaises. Mézières célébra la victoire de Rocroi par un immense feu de joie. Les prisonniers ennemis et les blessés qui arrivèrent quelques jours après la bataille, firent cesser l'enthousiasme, car il fallut pourvoir à leur logement et à leur entretien. Ce fut une lourde charge pour la ville, malgré la précaution qu'elle prit de les cantonner dans le faubourg Saint-Julien. (*Arch. de Mézières. CC 44*).

Le duc d'Enghien traversa les Ardennes avec son armée pour se rendre en Lorraine. La ville de Mézières le fêta dignement à son passage ; les villages furent moins charmés de la présence et de la conduite de ses troupes, si nous en jugeons

par les plaintes des habitants de Lumes. « Lorsque l'armée du
« Roy conduitte par Mgr le duc d'Enguien campa et séjourna
« tant au village de Lumes que voisins pendant six ou sept jours
« dont y avoit trente compagnies de cavallerie aud. Lumes
« quy y feirent grand désordre et prenoient les chars et che-
« vaulx où ils les rencontroient, mesmes aucuns laboureurs
« auroient perdu quelques chevaulx. Lesd. gens de guerre
« faisoient ung tel désordre qu'ils furent prets et faisoient
« menasses de piller la basse-cour du chasteau où les habitans
« estoient reffugiez avecq leurs meubles et bestiaux. » *(Déposition d'Eloy Launoys, curé de Lumes)*. Ces équipages que les
soldats prenaient aux paysans devaient servir à transporter
leurs bagages et leur butin.

La victoire de Rocroi, suivie bientôt de la prise de Thion-
ville, éloigna l'ennemi pour quelque temps. S'il entreprend de
faire quelque course, c'est à la faveur des bois pour rançonner
les villages sans défense. La garnison de Mariembourg vint
ainsi surprendre Etion en 1645. Elle imposa une contribution
de dix sols par habitant et de sept sols par tête de bétail. Charles
Pine qui avait une sauvegarde du roi d'Espagne, refusa d'acquitter sa cote-part. Un parti ennemi lui enleva ses bœufs à
l'entrée du bois de la Havetière.

Le pays ardennais put enfin goûter quelques années d'une
tranquillité relative que troublaient parfois le passage des
troupes et la crainte des ennemis restés sur la frontière. Ce
calme fut mis à profit pour relever les ruines causées par
l'invasion et mettre en culture quelques parcelles de terre
dont la récolte apporterait un heureux soulagement aux privations dont on souffrait depuis des années. Lorsque la France et
l'Autriche eurent conclu le traité de Westphalie, en 1648, les
populations purent croire que le fléau de la guerre était éloigné
pour longtemps ; il n'en était rien, hélas ! Le traité mettait fin
à la guerre de trente ans et rétablissait la paix entre la France
et l'empereur d'Autriche ; la lutte allait continuer avec l'Espagne
pendant dix ans et le pays devait supporter de nouveaux désastres. En même temps, une guerre civile s'allumait à l'intérieur
pour ajouter ses maux à ceux de l'étranger.

Le roi n'avait que dix ans. Cette circonstance sembla propice
aux princes du royaume pour reprendre l'autorité que Richelieu
leur avait ôtée. Pour réaliser leurs ambitieux desseins, ils
n'hésitèrent pas à entrer en lutte avec le pouvoir royal et à
s'allier aux ennemis de l'Etat. La guerre de la Fronde, qui fut

leur œuvre, couvrit de ruines le sol de la France et fit périr de misère et de faim des milliers de victimes innocentes. La postérité ne doit avoir que des imprécations pour maudire ces grands coupables.

Parmi ceux que les paysans ont particulièrement chargés d'anathème, l'histoire enregistre, avec un douloureux regret, le vainqueur de Rocroy, de Fribourg et de Lens, le prince de Condé. Il semble que toute la gloire de ce héros se limite à celle de général ; le sentiment du bien et du mal, l'amour de la patrie lui sont complètement étrangers. Les contemporains nous disent que la cruauté était le trait dominant de son caractère, qu'il avait plus du loup que de l'homme, qu'il était né fourbe, qu'il n'avait de la foi et de la probité que dans les grandes circonstances. On sent tout le mal que devait produire l'ambition servie par ces mauvais instincts. Pendant dix ans, Condé travailla à la ruine de la France avec le concours de l'étranger. A ses côtés, nous trouvons, au début, le grand Turenne, auquel Sedan se glorifie d'avoir donné le jour. Le vertueux Turenne, dit un historien, avait descendu la pente qui menait, en ce temps-là, de la révolte à la trahison. Avec la duchesse de Longueville, sœur de Condé, il signa le traité qui appelait en France tous les ennemis du dehors. Le patriotisme de Turenne ne resta éclipsé que l'espace d'une année ; il comprit enfin ses torts et se hâta de rentrer dans le devoir. Toutefois, ce peu de temps suffit pour causer beaucoup de ruines dans nos Ardennes.

La guerre continue et ce sont nos frontières qui en supportent principalement le fardeau. Le paysan, après deux ou trois années de disette, espérait se relever, grâce aux récoltes abondantes de l'année 1649. Il se les vit toutes gaspillées ou enlevées par des bandes errantes qui ne connaissaient aucune discipline. A leur approche, les villageois s'enfermaient dans leur église ou se retiraient dans les villes avec le peu qu'ils pouvaient emporter ; chacun cherchait à se soustraire aux mauvais traitements et au pillage dont ces troupes étaient coutumières. Une enquête que nous avons retrouvée, nous apprend comment le village de Tournès fut rançonné en 1649.

Lorsque les troupes du général Erlach vinrent sur ces frontières, plusieurs habitants qui conduisaient à Mézières leurs charrettes chargées de meubles, furent arrêtés par des cavaliers près de la Grange-le-Comte, les meubles furent pillés et les chevaux furent enlevés. Jacques Guillet qui conduisait l'une

des charrettes, fut maltraité et laissé nu sur le chemin. « Et
« ensuite lesd. cavaliers estans allé au village de Tourne
« auroient enlevé généralement tous les fourrages et battu tous
« les grains qu'ils trouvèrent. Et retournant de la course l'en-
« nemi força l'église de Tournes où il enfonça les coffres et
« emporta tous les meubles qui y estoient réfugiez.... avec tant
« de violence qu'ils blessa Jacques Rousseau lequel en mourut
« xv jours après. Et peu de temps après le maréchal Daumont
« auroit logé aud. Tourne avec la plupart de son infanterie au
« nombre quatre mil hommes ou environ lesquels prirent les
« chevaux et enlevèrent tous les fourrages des habitants, y
« ayant été huit jours entiers.... et pendant le séjour desd.
« trouppes, auroient esté bruslez aud. Tourne quatorze ou
« quinze maisons. » Les habitants du village perdirent ensemble
soixante et un chevaux. Le sieur de Maressal qui se trouvait
alors dans son château, s'entremit pour faire restituer à
J. Guillet les chevaux qu'on lui avait pris. Guillet qui exerçait
la profession de mercier, n'eut que des malheurs pendant sa
vie. Faisant un voyage à Troyes pour les besoins de son commerce, il fut blessé par des soldats à Notre-Dame de l'Epine où
il resta longtemps pour se guérir. Un autre jour, il allait
à Mézières avec son équipage pour servir aux convois, ses
trois chevaux furent noyés au passage de la Meuse. Se voyant
privé de moyens de subsistance, il s'engagea dans l'armée de
Bussy Lameth ; le malheur l'y suivit. Il fut fait prisonnier et
perdit son cheval et ses armes au siège de Rocroy en 1653.
*(Dépositions de N. Dumesnil, F. Robinet et J. Thirion. Arch.
des Ardennes. B. Enquêtes. Ad annum 1656).*

Les troupes qui ont causé ces désastres, étaient au service de
la France. Le baron d'Erlach était cet étranger qui avait amené
l'armée weymarienne dont nous avons parlé précédemment et
qui était composée d'aventuriers polonais, croates et hongrois.
Ils séjournèrent dans nos contrées pendant la plus grande
partie de l'année 1649. Les exactions qu'ils exercèrent à Tournes, donnent l'idée de la façon dont le pays fut traité par ces
mécréants. L'annaliste de Vendresse signale la terreur qu'ils
inspiraient par tous les lieux où ils passaient.

Les armées françaises n'étaient pas plus clémentes pour nos
populations. Nous venons de dire comment les soldats du
maréchal Daumont avaient traité le village de Tournes. A
Warc, ils commirent les mêmes excès et enlevèrent les chevaux
qu'ils purent saisir.

La révolte des princes avait trouvé des partisans parmi les seigneurs. De ce nombre était le sieur de Saint-Etienne que le roi avait établi gouverneur de Château-Regnault. Voulut-il mettre la forteresse au service des rebelles ? Tout nous porte à le croire, puisque le roi fut contraint d'en faire le siège en 1650. Voici comment un témoin oculaire rapporte ce fait d'arme :

« En l'année 1650, au moys de septembre le chasteau de
« Chasteau-Renaulx dans lequel les bourgeois dud. lieu et
« ceux de Levrezy avoient mis leurs meubles, tiltres et papiers
« en refuge, fut siégé et pris par les gens du Roy et par ordre
« de sa Majesté, dans lequel le sieur de Saint-Etienne estoit,
« quy fut pris par le sieur de Longuerue, et les meubles, tiltres
« et papiers quy estoient en refuge furent pris et pillés par les
« soldats, pour ledit chasteau avoir esté pris par assaux, à
« l'exception de la chambre du recepveur dans laquelle les
« ornements de l'église dud. lieu estoient et quelques meubles
« appartenant à Barthélemy Courtois et Nicolas Scaillette,
« laquelle fut conservé par le soing du sieur de Blairencourt,
« capitaine dans le régiment du duc de Noirmoutier, lequel eut
« le commandement dud. chasteau après lad. prise.... A dict
« de plus avoir veu, le lendemain de la prise, les soldats
« distribuer les papiers et meubles qu'ils avoient pris, les expo-
« ser à vendre et emporter. » François Martin, notaire, qui avait perdu tous ses titres dans le pillage, en racheta une partie pour un pot de vin donné à un soldat. (*Déposition de Jean Cahart, conseiller et procureur du roi. Arch. des Ardennes, B. Enquêtes. Ad annum 1664*).

Cette année 1650 fut aussi calamiteuse que les précédentes. Au printemps, les Espagnols, appelés par les princes rebelles, entrent en France par Hirson et envahissent la Picardie et la Champagne. Avec l'aide de ces étrangers, Turenne s'empare des villes de Château-Porcien et de Rethel que leurs faibles garnisons n'ont pu protéger suffisamment. Il se dirige ensuite vers Paris, mais est arrêté, au delà de Reims, par les troupes royales. L'ennemi revient alors sur nos frontières, traverse les Ardennes et va mettre le siège devant Mouzon. Les meurtres, les incendies, le pillage signalent les lieux où il a passé. Maîtres de Mouzon, les Espagnols y restent pendant trois ans ; chaque jour leurs coureurs se répandent dans les campagnes pour faire du butin et enlever les bestiaux. Au mois de novembre, deux cents cavaliers ennemis, sortis de Mouzon, viennent piller Guignicourt et incendier Viller sur le Mont. A la fin de l'année, les Français reprennent Rethel et Château-Porcien, après avoir anéanti l'armée de Turenne, près de Sommepy.

Les allées et venues de ces troupes amies ou ennemies enlevaient au pays toute sécurité. Les laboureurs, pour cultiver leurs champs, se réunissaient en nombre et bien armés, pendant que quelques-uns d'entre eux allaient à la découverte et avertissaient les autres par des signaux, lorsque des soldats apparaissaient à l'horizon. La crainte des pillards qui sillonnent les routes a interrompu les relations entre villages. Adrien de Bournonville, seigneur de la Loge, ne peut se rendre à une assignation de la justice de Renwez, parce que les chemins ne sont pas sûrs. *(Bailliage de Montcornet.)*

Les privations endurées à la suite du pillage, les frayeurs continuelles engendrent des maladies contagieuses qui déciment les populations. En deux mois, Rethel perd huit cents de ses habitants ; cinq cents sont morts à Château dans l'espace d'un mois. Tout commerce a cessé, l'industrie chôme ; l'ouvrier, privé de salaire, se fait mendiant et se retire dans les villes avec le peu qu'il possède. L'affluence des étrangers réfugiés à Mézières est si grande que les loyers atteignent un prix excessif. Bientôt la ville est dans la nécessité de prendre des mesures rigoureuses pour restreindre le nombre des pauvres qu'elle a accueillis. Les magistrats ordonnent de bannir tous les indigents qui sont arrivés dans la cité depuis quatre ans ; des gardiens sont placés aux portes de la ville pour en interdire l'entrée aux mendiants du dehors. *(Arch. de Mézières, BB. 4).* L'annaliste de Mouzon signale, sur la haute Meuse, une détresse aussi générale : « Dans ce temps-là, le pauvre peuple fut réduit « à une misère extrême, étant pillé sans ménagement par amis et ennemis. » *(Chronique du P. Fulgence, ad annum 1651).*

Les malheureux habitants des campagnes n'obtenaient aucun répit ; après le passage des armées venaient les quartiers d'hiver. Pendant la mauvaise saison, les troupes étaient envoyées dans les villages pour se reposer et se remettre des fatigues de leurs opérations militaires. Il fallait les héberger et les nourrir ; c'était une lourde charge pour leurs hôtes, car chaque soldat recevait par jour deux livres de viande, du pain, une pinte de vin, un pot de bière, une chandelle et du bois. Nos archives nous révèlent que le village de Tournes eut souvent à supporter ces quartiers d'hiver.

En 1652, les hostilités reprennent dès le printemps. Le prince de Condé qui a pris le commandement des ennemis du repos public, s'empare de Rethel et de Château-Porcien, pendant que les Espagnols assiègent et prennent Beaumont. L'année suivante, ces villes sont reprises et occupées par les Français, mais les Espagnols prennent Rocroy et en gratifient le prince rebelle. Ironie du sort ! Condé avait, dix ans aúparavant, conservé à la France cette ville assiégée par les Espagnols ; aujourd'hui, il l'accepte de leurs mains. Turenne, mieux inspiré, n'avait pas tardé à reconnaître son erreur et à réparer noblement sa faute, en mettant son génie militaire au service de la patrie. Il venait de reprendre Mouzon aux Espagnols et marchait avec ses troupes au secours de Rocroy, Lorsqu'il arriva à Warnécourt, il fut informé que la ville s'était rendue à l'ennemi. Il arrêta sa marche et donna à son armée une autre direction ; un détachement qui s'était avancé sur la Sormonne, enleva tous les bestiaux que les habitants de la Grève conduisaient à Mézières pour les mettre en sûreté. *(Arch. des Ardennes, B. ad annum 1656)*.

Rocroy, placé sur la frontière de la France et des Pays-Bas, offrait à Condé de précieux avantages ; il en fit le centre de ses opérations et le dépôt où venaient s'amonceler les produits du pillage et des rançons. Sous la conduite de Montal qui avait été créé gouverneur de la ville, la garnison faisait des courses dans le pays découvert et rapportait toujours un fructueux butin. Elle poussait ses excursions jusqu'à Reims et Laon. Nos villages reçurent la visite de ses pillards : le 14 avril 1654, Tournes, Cliron, Le Ham et Harcy furent rançonnés et perdirent leurs bêtes à cornes. Ceux qui étaient plus rapprochés de Rocroy étaient contraints de fournir les grains et les fourrages nécessaires à l'entretien de la garnison. Cette situation se prolongea pendant six années qui durent paraître bien longues à nos devanciers. Pour se soustraire à ces déprédations, les villages et quelques villes consentirent à acquitter chaque année une contribution déterminée. L'ennemi exigeait habituellement vingt sous par chef de famille, dix sous par garçon au-dessous de dix-huit ans, dix sous par cheval ou vache et à proportion pour les autres bestiaux, « qui étoit pour conserver sa personne « et ses bestiaux que l'on enlevoit faute de contribution. » *(Taté)*. Tournes payait de ce chef cinq cent cinquante livres à l'ennemi en plus de la taille royale qui se montait à deux mille quarante-huit livres. *(Terwwel)*.

Ceux qui tardent ou qui refusent d'acquitter cette contribution forcée, sont soumis à une exécution militaire. En mars 1654, les habitants de Cornay se montrent récalcitrants ; quatre-vingts soldats partis de Stenay envahissent le village, mettent à mort quatre paysans, enlèvent les chevaux, vaches, moutons et porcs. Le lendemain, ils vendent leur butin sur la place publique pour payer la contribution. Champigneule, près Boulzicourt, est encore plus maltraité ; le village ruiné entièrement par le passage et les courses des armées se trouve dans l'impossibilité de fournir la contribution demandée. Pour se soustraire aux mauvais traitements qu'ils prévoient, les habitants abandonnent le lieu où ils ne peuvent plus vivre et se réfugient dans les villages voisins. Champigneule fut inhabité pendant trois ans. L'ennemi y vient fréquemment dans l'espérance de saisir une proie. Le seigneur de Saint-Pierre fut cette proie. Comme il passait sur le territoire avec ses domestiques et ses chevaux, il fut pris par un parti ennemi qui lui imposa une rançon de deux cent quatre-vingts pistoles (2,800[1]). Pour que les habitants puissent rentrer dans leurs demeures, le curé du lieu et quelques particuliers garantirent le paiement-de la contribution pour l'avenir. *(Arch. des Ardennes. B. ad annum 1659).*

Les mêmes exécutions sont signalées dans toute la contrée. En 1655, les habitants d'Asfeld refusent de payer désormais aucune contribution à l'ennemi ; des troupes parties de Rocroy vont les piller sans merci. « Ils les ont surpris la nuict, tué ce « qu'ils ont rencontré, emmené bonne partie prisonniers qui « paieront rançon, bruslé moictié du village, tant granges que « maisons, et ung pauvre villageois accompagné de son fils « caché en son foin, bruslé avec sa maison. » *(O. Coquault.)*

Il fallait mettre un terme à ces déprédations répétées qui achevaient la ruine des campagnes. Pour rejeter l'ennemi au delà des frontières, le roi de France vint assiéger les places de Stenay et de Montmédy qui étaient aux mains des Espagnols. Après avoir chassé de ces villes l'ennemi qui s'y était réfugié, le roi avait songé à reprendre Rocroy que le prince de Condé continuait à occuper au nom des Espagnols. Le comte de Grandpré reçut l'ordre de tenter l'entreprise, mais les troupes mises à sa disposition n'étant pas suffisantes, il ne put que protéger le pays en empêchant les courses que les ennemis ne cessaient de faire. A l'automne de l'année 1657, le gouverneur de Rocroy s'étant rendu dans le voisinage de Reims pour y lever, selon l'usage, les contributions annuelles, le comte de Grandpré vint l'attaquer et lui fit subir une sanglante défaite. Cet échec fit tomber l'audace de l'ennemi et rendit aux populations un peu de sécurité.

Nos villages de la vallée de la Sormonne continuèrent cependant à subir les conséquences fâcheuses de leur situation géographique. Placés entre Charleville et Rocroy dont les gouverneurs étaient étroitement unis par l'amitié, ils se trouvaient, plus que tous autres, sur la route fréquentée par les soldats. Le château d'Haudrecy était l'un des lieux où se réunissaient les chefs rebelles pour combiner leurs intrigues. Au commencement de l'année 1655, P. de Gondy envoya Mauclerc, son valet, au duc de Noirmoutier pour engager celui-ci à ne pas remettre Charleville entre les mains du roi. L'entrevue eut lieu à Haudrecy, dans la demeure du sieur d'Arras qui comptait sans doute parmi les conjurés. (*Mém. du Cardinal de Retz.*)

Le fait suivant témoigne encore du désordre qui régnait dans nos contrées. Le 3 mai 1658, Mᵉ Jean Pérаté, curé de Tournes, fut assassiné près du bois de la Loge. Il venait de quitter Lonny et regagnait sa paroisse lorsqu'il fut assailli et mis à mort par des coureurs de chemins. L'enquête qui nous a conservé le souvenir de ce meurtre, fut faite par la justice de Mézières dont Tournes relevait alors. « Cejourd'huy samedy quatre du moys
« de may mil six cent cinquante huict, huict heures du matin,
« par-devant nous François Barilly, bailly des villes et prévosté
« de Maisière et Vuarc, est comparu le procureur desdites villes
« et prévosté en personne lequel nous auroit dict avoir eu advis
« ce matin que le jour d'hier environ les trois heures de rellevée
« frère Jean Pérаté, prestre, religieux profès de l'abbaye de
« Septfontaines et curé de Tourne, auroit esté assassiné au coin
« du boys de Cliron, distant dud. Tourne d'une petite demie
« lieue, retournant de Lonny, Requérant qu'eussions à nous
« transporter aud. Tourne tant pour faire visiter le cadavre
« dudict deffunct que pour informer dudict assassinat et apposer
« le scellé et faire inventaire, sy besoin est, des biens meubles
« délaissez par le deffunct.... Suivant quoy nous serions trans-
« porté avec led. procureur et nostre greffier ordinaire audict
« Tourne en la maison presbitéralle où estant nous auroit esté
« dict.... que le corps dud. deffunct auroit esté transporté du
« lieu où il avoit esté assassiné aud. Lonny par ordre de la
« justice dud. Lonny pour en faire la visite et qu'en effect la
« visite auroit esté faicte et que l'on n'auroit encore recouvré
« led. corps, lequel pourtant on attend incessamment pour le
« faire inhumer. Et de faict nous aurions trouvé aud. lieu

« M⁰ Gobert Bertrand, prestre, doyen et curé de Charleville,
« qui y seroit venu pour ensépulturer le corps dud. deffunct. »
(Arch. des Ardennes. B. Procédures criminelles.) L'infortuné
curé fut inhumé dans l'église, selon l'usage de ces temps ; la
cérémonie fut présidée par le doyen de Charleville et suivie par
toute la paroisse, que cette mort tragique émotionna vivement.
Nous ne savons si la justice put découvrir les assassins pour
leur faire subir le châtiment de leur forfait. Ce n'était point là
un crime isolé. Dans l'espace de deux ans on compta le meurtre
de cent cinquante personnes inoffensives entre Reims et Rethel.
(O. Coquault.)

L'année suivante la paix fut conclue entre la France et l'Espagne. L'annonce de cet heureux événement fut accueillie par des
manifestations de joie d'autant plus expansive qu'il était désiré
et attendu depuis longtemps. « Par toute la France la paix a
« esté receue avec une grandissime joye et particulièrement en
« Champagne et Picardye. Pour quoy en toute ville et village
« a esté faict de grandes réjouissances. La guerre avoit duré
« vingt-cinq ans. » *(O. Coquault.)*

C'est le jeudi 19 février 1660 que l'annonce de la paix fut
publiée à Charleville et à Mézières « avec grand triumphe et
resiouissance. » Le 24 du même mois les habitants de Tournes
manifestèrent leur satisfaction par un *Te Deum* solennel et par
des feux de joie. L'allégresse ne fut pas moins vive à Montcornet, nous en trouvons le témoignage dans les archives de
catholicité de la paroisse : « Le vingt-deuxième jour de febvrier
« 1660 quy est le mesme jour que la paix générale fut publié et
« les feux de joyes faict aud. Montcornet.... fut baptisée Marie
« *de Paix*, fille de Jacques Rolin et d'Anne Mauban. » La
jeune néophite, baptisée sous de si joyeux auspices, portait
dans son nom tous les présages de bonheur joints au souvenir
d'un événement qui faisait époque dans la vie nationale.

On ne peut quitter ce sujet de la guerre sans signaler les
ruines qu'elle avait accumulées sur son passage pendant les
longues et douloureuses années qu'elle affligea le pays. Cet
exposé nous paraît nécessaire pour répondre aux récits des
historiens qui, pour la plupart, présentent les guerres de la
Fronde comme des jeux d'enfants ou des joutes d'intrigues et
de pamphlets. Ceux qui écrivent ces énormités nous semblent
doués d'une profonde ignorance ou d'une rare volonté de tra-
vestir l'histoire. Si, après deux siècles et demi, la tradition a
perdu le souvenir de ces temps malheureux, il reste, pour sau-

vegarder les droits de la vérité, assez de témoignages recueillis et consignés par ceux qui furent les contemporains de cette époque. A ceux que nous avons déjà cités, nous voulons en ajouter d'autres que nous emprunterons particulièrement aux annales de la charité. La misère était si profonde qu'elle suscita, parmi les chrétiens, des prodiges de dévouement à la cause des populations ruinées par la guerre.

Lorsqu'on connut à Paris le dénûment dans lequel se trouvaient les provinces visitées par la guerre, des chrétiens compatissants furent touchés de ces infortunes et s'employèrent à y apporter quelques adoucissements. Pendant plusieurs années, ils se firent les intermédiaires dévoués entre les riches charitables et les pauvres de la campagne. Dès les premiers jours de la Fronde, ils établissent dans toutes les provinces des correspondants pour distribuer les aumônes qu'ils ont euxmêmes recueillies ; plusieurs trouvèrent la mort dans cet exercice de la charité. Les relations qu'ils ont faites de leur bienfaisante mission sont navrantes et remplies de compassion. « En l'année 1650, toute la récolte fut consommée par les « troupes ennemies et par le campement des armées dans les « provinces de Picardie et de Champagne. La licence des « armées dissipa en peu de mois ce qui eut pu nourrir les « deux provinces pendant une année.... Comme ce nouveau « mal était sans comparaison plus violent et plus répandu que « n'avaient été tous les autres, et que les courses des ennemis, « les passages de gens de guerre, la cherté du blé, le pillement « des maisons, la rigueur de l'hiver, le défaut de logement, « d'habits, de nourriture, de feu, de remèdes dans les mala- « dies, avaient réduit les peuples à un état lamentable où il n'y « avait que Dieu qui pût leur procurer quelque assistance, et « comme la multiplication des affligés demandait une consola- « tion, l'Esprit-Saint unit un plus grand nombre de personnes « riches pour le soulagement de ces deux provinces..... De « septembre 1650 en mars 1651, Paris envoya plus de « 80.000 livres en Picardie et en Champagne, dont 32.000 livres « pour nourrir 10.000 personnes, tant malades que veuves et « orphelins, 20.000 pour acheter des semences ; il a fallu « encore une quantité prodigieuse de couvertures et d'habille- « men's ; on a établi aussi des hôpitaux pour les pauvres « malades ; on a fourni des instruments à ceux qui étaient « guéris, afin qu'ils puissent travailler de leur métier et gagner « leur vie. » (*Feillet. La misère au temps de la Fronde*).

En 1651, saint Vincent de Paul paraît à la tête de cette grande œuvre de charité. Celui que Dieu avait prédestiné à soulager toutes les infortunes, ne pouvait laisser sans assistance la misère des habitants des campagnes. Il y apporta son activité et son dévouement habituels : seize de ses disciples et plusieurs filles de la Charité partent aussitôt pour la Picardie et la Champagne. Les lettres de sauvegarde que le roi leur a remises, sont un aveu officiel et public des maux qu'il fallait soulager : « Sa Majesté étant bien informée que les habitants
« de la plupart des villages de ses frontières de Picardie et de
« Champagne sont réduits à la mendicité et à une entière
« misère, pour avoir été exposés aux pillages et hostilités des
« ennemis et aux passages et logements de toutes les armées ;
« que plusieurs églises ont été pillées et dépouillées de leurs
« ornements ; que pour sustenter les pauvres et réparer les
« églises, plusieurs personnes de la ville de Paris font de
« grandes et abondantes aumônes qui sont employées par les
« prêtres de la Mission de M. Vincent et autres personnes
« charitables envoyées sur les lieux où il y a eu le plus de
« mal. Mais que les gens de guerre passant ou séjournant dans
« les lieux où lesdits missionnaires se sont trouvés, ont pris et
« détroussé les ornements d'église et les provisions de vivres,
« d'habits et d'autres choses qui étaient destinés pour les
« pauvres, en sorte que s'ils n'ont sureté de la part de Sa
« Majesté, il leur serait impossible de continuer une œuvre si
« charitable. Désirant y contribuer de tout ce qui est en son
« pouvoir, Sa Majesté défend très expressément à tous gens
« de guerre, de quelque nation qu'ils soient, de loger dans les
« villages pour lesquels lesdits prêtres de la Mission leur
« demanderont sauvegarde pour assister les pauvres et les
« malades, et y faire la distribution des provisions qu'ils y
« porteront.... Défend en outre Sa Majesté, à tous gens de
« guerre de prendre aucune chose aux prêtres de la Mission
« et aux personnes employées avec eux ou par eux, à peine de
« la vie, les prenant en sa protection et sauvegarde spéciale,
« enjoignant à tous les baillifs, juges, prévôts de poursuivre
« les contrevenants, en sorte que la punition en serve d'exem-
« ple. » *(Cangé. Ordonnances militaires.)*

Les disciples de saint Vincent de Paul s'étaient fixés à Rethel et à Sedan pour rayonner sur tous les points où les appelait leur charitable mission. Rendant compte à leur supérieur du résultat de leurs travaux, ils écrivent : « Les misères

« qui règnent en ces pays sont si grandes que l'on ne peut
« imaginer quelles elles sont sans les avoir vues. Il ne se passe
« point de jour qu'il ne meure plus de deux cents personnes de
« faim.... Nous assurons avoir vu de nos propres yeux, entre
« Reims et Rétel, des troupeaux, non pas de bêtes, mais
« d'hommes et de femmes, aller aux champs remuer la terre
« pour y trouver quelques racines, et comme ils n'en arrachent
« que de méchantes et à moitié leur soûl, ils deviennent si
« faibles qu'ils n'ont plus même la force de chercher leur vie...
« Le curé de Boult, dont nous envoyons la lettre, nous a
« assuré avoir enterré trois de ses paroissiens morts de faim. »
Un magistrat de Rethel, M. Simonnet, témoigna à saint
Vincent de Paul la reconnaissance de ceux que ses aumônes
avaient assistés. Après avoir loué la charité du saint, qui lui
rappelle le dévouement de la primitive Eglise, il ajoute : « Vous
« pourvoyez aux besoins des pauvres avec tant d'ordre et tant
« de zèle, par les prêtres de votre congrégation que vous y
« employez dans tous les lieux où les pauvres sont réduits à la
« pâture des bêtes jusqu'à manger les chiens, ainsi que j'en ai
« vu les preuves, et ont consolé et assisté les autres jusques à
« la mort. » Un autre magistrat lui écrit : « Les charités qui
« sont, par la grâce de Dieu et par vos soins, envoyées en ces
« provinces et si justement distribuées par ceux qu'il vous a
« plu d'y commettre, ont donné la vie à des milliers de
« personnes réduites par le malheur des guerres à la dernière
« extrémité, et je suis obligé de vous témoigner les très
« humbles reconnaissances que tous ces peuples en ont... C'est
« ce qui m'oblige, dans le rang que je tiens et la connaissance
« que j'en ai, de vous supplier d'être encore le Père de la
« patrie pour conserver la vie à tant de pauvres moribonds et
« languissants que vos prêtres assistent et ils s'en acquittent
« très dignement. »
A cette œuvre d'urgente nécessité le saint avait su intéresser
l'association des dames de la charité qu'il avait fondée récem-
ment. Leur concours bienveillant lui permit d'envoyer chaque
mois quinze mille livres pour le soulagement de la Champagne
et de la Picardie. Au cours actuel de l'argent, cette somme
représente près de cinquante francs.
Ces aumônes étaient encore insuffisantes pour soulager toutes
les misères dans un pays où il y avait cinquante lieues de
terres abandonnées. Il fallait faire un choix et ne donner
qu'aux plus nécessiteux, c'est-à-dire à ceux qui étaient menacés

de perdre la vie si on ne les secourait. Aux malades, on accordait l'assistance et les remèdes que réclamait leur état ; plusieurs hôpitaux furent établis à cette intention dans les villages les plus éprouvés. Les enfants dont les parents avaient péri, étaient recueillis et mis à l'abri des privations. Les pauvres filles que la misère aurait poussées à perdre leur honneur, furent, par les soins des missionnaires, placées dans la communauté des filles de Sainte-Marthe, à Reims, où on les occupait à quelque travail utile. Aux cultivateurs qui avaient tout perdu, on fournissait des instruments pour cultiver leurs terres et des graines pour les ensemencer, sans quoi, dit un témoin, « les « trois quarts du peu de personnes qui restent en ce pays « eussent été contraints de l'abandonner pour n'y pouvoir « vivre. » A tous on distribuait des couvertures et des vêtements pour les défendre contre les rigueurs du froid. Plusieurs fois par semaine, les missionnaires faisaient distribuer aux indigents des soupes préparées ; les affamés se présentent en si grand nombre qu'ils se foulent aux pieds pour solliciter une portion. « Le 10 du présent mois de febvrier 1652, les pères « minimes faisant quelque aulmone, deux pauvres enfans « furent estouffez en la presse, tant l'avidité et faim est extrême « de ce pauvre peuple. » (*O. Coquault*).

Un auteur contemporain expose ainsi le rôle bienfaisant de saint Vincent de Paul : « Nostre peuple désolé, ruiné, mourant « de faim, les maisons fondues, les terres sans labeur, sans « chevaulx, sans bestail. Les Pères de la Mission y sont venus « les mains pleines, ont donné du pain, des habits, de l'orge « et de l'aveyne pour restablir la terre et la sumer ung peu. Et « ces charités leur estoient administrées par des puissants de « Paris esmeuz de la désolation et extrémité des villageois de « Reims et du Reshelois particulièrement ; car les trois quarts « du peuple estoient morts, soit de maladie provenue de leur « affliction et disette, et beaucoup par le glaive. » (*O. Coquault.*)

L'œuvre charitable de saint Vincent de Paul ne s'éteignit pas avec les misères présentes, elle se perpétua par les *charités* ou associations d'assistance que ses prêtres établirent dans la plupart des paroisses. Nous aurons à mentionner plus loin celle que les Pères de la Mission ont fondée à Tournes.

L'histoire qui est si souvent condamnée à rapporter les tristes exploits des conquérants et des oppresseurs des peuples, aime à se reposer, en faisant revivre ces sympathiques figures des amis et des bienfaiteurs du peuple. Leurs œuvres charitables sont beaucoup plus utiles à la cause de l'humanité que les hauts faits de ces grands hommes qui remplissent les annales de l'histoire. Nos pères l'ont compris en témoignant leur reconnaissance et leur vénération à saint Vincent de Paul et à ses dévoués auxiliaires.

Lorsque la paix eut éloigné de nos contrées les armées amies et ennemies, on put se rendre compte des ruines causées par ces vingt-cinq années de guerre civile et étrangère. Nous en trouvons le détail navrant dans un mémoire dressé à cette époque par l'ordre du maréchal Fabert, gouverneur de Sedan. Ce grand philanthrope, si dévoué aux intérêts du *pauvre et menu peuple*, était frappé de l'inégalité des charges qui pesaient sur les populations des campagnes. En 1656, il proposa au gouvernement d'exécuter le projet de cadastre que, sous Louis XIII, le cardinal Richelieu avait tant souhaité d'établir en France, pour assurer une répartition plus équitable de l'impôt. Sa proposition fut agréée pour la partie de la Champagne qui nous concerne. Fabert confia au chevalier de Terwel, son ami, la délicate mission de se rendre dans chaque village pour en connaître la situation présente et en apprécier la valeur foncière et productive. Son rapport, rédigé en 1657, vient d'être publié sur le texte original ; nous lui empruntons ce qui intéresse notre région.

« Tourne ; autrefois 100 habitans. Terroir médiocre et sté-
« rille ; 320 arpens (en roie), 45 au seigneur, 80 aux habitans,
« le reste censes (fermes). Prez 154 arpents, 42 au seigneur,
« 19 aux habitants, le reste censes. Bois usages, en commun
« avec Vuarc. Charues 12, laboureurs 23. Pleins mesnages
« 49 et 19 demy, manouvriers, la moitié pauvres gens. Payent
« au Haynaut (à l'ennemi) 550 l., et quand il faut quartier
« d'hiver la moitié d'autant ; un homme par jour à la garde
« de Mézières. Taille (ancienne) 2048 l. Taille nouvelle
« (proposée) 1268 l..

« Simonnet et le Temple. Nulle charrue ny batiment. Deux
« habitans dudit lieu sont retirez l'un à Damouzy et l'autre à
« Tourne. Taille 26 l. Taille (proposée) 12 l.

« Vuarcq et la Grange-au-bois ; autrefois petitte ville et 74
« habitans. Le lieu est réduict à 28 maisons. Payent de taille
« 652 l. Taille nouvelle 822 l.

« Ethion, autrefois 50 habitans. Le village est réduict à 14
« bastiment. Taille 312 l. Taille nouvelle 464 l.

« Arrheux ; autrefois 26 habitants. Terroir stérile 88 arpents,

« dont 42 au seigneur, le reste aux habitants. Prez nuls. Le
« village a esté pillé et bruslé par les ennemis l'année dernière
« (1656) ; ne reste à présent que 7 maisons. Payent de taille 94 l.
« Taille nouvelle 146 l.

« Damouzy, 187 arpents, terroir médiocre. Un homme pour
« la garde de Mézières avec Arrheux. Taille 102 l. Taille nou-
« velle 706 l.

« Renvuez, bourg à foire et à marché, cy-devant 130 habi-
« tans. Terroir mauvais fonds, 180 arpents, aux habitans. Le
« lieu a esté bruslé au dernier siège de Rocroy (1652), réservés
« 10 maisons.

« Les Mazures ; autrefois 40 habitants. Ont esté bruslé au
« premier siège de Rocroy (1643), réservé 10 maisons.

« Launy. Terroir médiocre. Les habitans n'ont voulu prester
« serment de dire la vérité, se sentans beaucoup soulagés en
« comparaison de leurs voisins. Sont taillez de 190 l. Taille
« nouvelle 561 l.

« Han-les-Moynes ; autrefois 27 habitans. Terroir mauvais
« fonds, 130 arpens dont 32 aux habitans. Aisances 15 arpents
« dont les meilleurs vendus. Taille 190 l. Taille nouvelle 120 l.

« Haudrecy. Terroir médiocre, 199 arpents dont 28 aux habi-
« tans. Charrues 6 1/2. Laboureurs 10. Taille 132 l. Taille nouvelle 415 l.

Dans les villages plus rapprochés de Rocroy, le commissaire a
constaté une ruine presque complète. Au Chatelet, on compte
« un tiers de batiments bruslé et démolis par les ennemis,
outre la halle, l'église et le chateau. »

Laval-Morency n'a plus que 12 batiments.

A Chilly, « le village a esté entièrement bruslé au premier
siège de Rocroy, à la réserve de deux maisons seulement. »

Maubert-Fontaine n'a plus ni bâtiment ni habitant. « Le lieu
« a esté achevé de desmolir par les ennemys l'automne dernier
« avec ce qui restoit de maison. »

Il ne reste à Sévigny que deux ménages et demi qui habitent
dans des huttes, parce que toutes les maisons ont été brûlées ou
abattues. La population a émigré en Lorraine ou en Brie pour
chercher du travail et se soustraire aux violences de la garnison de Rocroy.

« Le bourg d'Aubigny est réduict à 24 maisons et a esté razé
« par les ennemis. »

Les habitants de Vaux ont vendu leur cloche pour payer la
contributiou aux ennemis. A Villaine, « le fort a esté bruslé

« avec 29 habitans et tous leurs biens dedans au dernier
« siège de Rocroy par les troupes du Roy. »

A Signy-l'Abbaye, « les trois quarts des maisons, tant au
« village qu'aux hameaux et censes, sont bruslés par les enne-
« mys ou démolis par les gens du Roy.

A Tarzy, « le village a esté bruslé au dernier siège de Rocroy,
réservé 2 maisons seulement. »

L'enquête qui porte sur environ 530 localités des Ardennes,
signale partout les mêmes ruines et une diminution prodigieuse
de la population rurale. Tournes qui semble avoir moins
souffert que d'autres villages, a perdu la moitié de ses habitants.
Alors les bras manquent pour cultiver la terre et exercer les
professions. Dès l'année 1654, les correspondances constatent
que « la misère de la France est si grande qu'il n'y plus que
« très peu d'artisans. Tous ceux des pays où la guerre a tout
« ruiné étant presque morts, on ne trouve presque plus de
« gens à la campagne. Comme il y en a peu, on a grand'peine
« à en trouver pour les ouvrages nécessaires des champs. »
Une ordonnance de police enjoignit aux mendiants valides et
aux personnes sans condition de sortir des villes où ils s'étaient
réfugiés et d'aller travailler à la campagne où la rareté des gens
de journée, causée par la grande mortalité, avait fait tripler et
quadrupler la main-d'œuvre.

A la suite de ces désastres, beaucoup de petits propriétaires
se trouvèrent ruinés. Un historien a remarqué que les paysans,
après avoir acquis un grand nombre de petits domaines sous
Henri IV et Louis XIII, perdirent leurs propriétés rurales vers
1650. Cette ruine subite ne peut avoir d'autre cause que la gêne
à laquelle ils furent réduits pendant cette dure époque de la
Fronde. D'autres avaient contracté des dettes et se trouvaient
dans une situation aussi précaire. Parfois les créanciers exi-
geaient, avec la dernière rigueur, l'acquittement des obligations
contractées par de malheureux débiteurs ; ils faisaient saisir
les récoltes sur les champs que le paysan avait pu cultiver et
ensemencer avec les ressources qu'il tirait de la charité. Les
pouvoirs publics s'en émurent et le parlement accorda aux cultivateurs de la Champagne et de la Picardie une surséance
d'un an pour le payement de leurs dettes ; il donna en outre
mainlevée de toutes les saisies déjà faites.

Les communes eurent leur part de la sollicitude de l'Etat.
Beaucoup avaient vendu leurs biens communaux pour acquitter
les charges que la guerre leur imposait ; une ordonnance

royale les remit en possession de ces biens, à la condition de rembourser aux acquéreurs, en dix annuités, le prix de la vente. Cet acte de l'autorité souveraine s'appuie sur des considérants qui évoquent à nouveau la dureté de ces temps. « Ayant, ci-« devant considéré que notre province de Champagne ayant « été désolée par la longueur des guerres, par le passsge de « nos troupes, séjour de nos armées, prises et reprises d'aucu-« nes des villes d'icelle et de la frontière, et autres désordres « qui auroient causé la ruine des batimens de presque tous les « villages, qui ce faisant auroient été désertés et les terres « laissées en friche et sans cultiver... la plupart des commu-« nautés et villages d'icelle, tourmentés par plusieurs rencon-« tres des temps, ont été portés à vendre et à aliéner à des per-» sonnes puissantes leurs biens, usages, bois et communaux à « des sommes très modiques... Et d'autant que faute de jouir « par les communautés des usages, bois et communaux, et « autres biens par elles mal aliénés, elles sont hors d'état de se « rétablir entièrement et de nourrir du bestail, qui est la plus « grande utilité qu'elles puissent avoir pour payer la taille et « amender leurs terres ; que telles aliénations ne sont dans « l'ordre, que la plupart ont été faites à vil prix, sans cause « légitime ni utilité des communautés. Voulons que lesdites « paroisses et communautés achèvent de se rétablir et les « remettre, de plein droit et de fait, dans lesdits usages, bois et « biens par elles aliénés, à la charge de rembourser les acqué-« reurs dans dix ans par égales portions, du prix seulement « qu'ils auront fourni... A ces causes, avons ordonné et ordon-« nons que les habitants des paroisses et communautés de la « généralité de Chalons rentreront de plein droit, sans autre « formalité de justice, dans les usages, bois, communaux et « autres biens aliénés depuis vingt ans. » (*Graffin. Les biens communaux en France*).

Tels furent les résultats de cette guerre qu'un historien a osé qualifier de *guerre pour rire*. C'est sous ce dernier aspect qu'elle est présentée par la plupart des auteurs qui en ont parlé dans la suite, comme si la ruine de tout un pays était un fait sans importance.

Quand les esprits furent rentrés dans le calme, ceux qui avaient provoqué et entretenu ces guerres de la Fronde sem-blent avoir compris l'infamie de leur conduite ; ils en conçurent du remords et s'imposèrent des sacrifices pour atténuer le mal qu'ils avaient causé. La religion conservait son empire sur les cœurs et faisait éclore des sentiments que notre temps ne connaît plus. Malgré leurs égarements, les princes étaient chrétiens ; ils savaient que la loi divine leur imposait l'obligation de réparer, dans la mesure du possible, les ruines qu'ils avaient occasionnées. Ils se soumirent à cette obligation avec un soin que nous sommes heureux de signaler.

Le directeur spirituel de la princesse de Longueville obligea celle-ci à faire de larges aumônes aux pauvres de la Champagne, et surtout de Stenay. Pendant la famine de 1662, elle vendit jusqu'à 60.000 francs de bijoux pour secourir les pauvres de la Champagne et de la Picardie. Le prince de Conti, son frère, reçut les mêmes injonctions de son confesseur ; il fit distribuer d'abondantes aumônes aux malheureuses provinces où il avait porté la guerre. Le plus coupable de tous, le prince de Condé, voulait « exécuter durant sa vie tout ce qu'il avait résolu et cru « devoir faire pour des restitutions où les guerres civiles « l'avaient engagé, et comme Dieu ne lui avait pas donné la vie « assez longue pour cela, il a ordonné qu'on examinât encore s'il « y avait quelque chose qui lui eut échappé pour y satisfaire. » (*Gazier. Variétés*). A son décès, la ville de Château-Porcien reçut une somme de 15.000 livres, qui fut consacrée à relever l'hôtel-Dieu et à le doter pour l'avenir. Rethel recueillit un legs de 3.000 livres pour les mêmes fins. La ville de Sainte-Ménehould, qui avait été particulièrement éprouvée, eut un don de 10.000 livres qu'elle employa à doter son hospice. Ces réparations tardives, faites sous la pression du sentiment chrétien, nous montrent l'influence que la religion peut exercer sur les esprits et le zèle qu'elle met à rappeler à tous les grandes obligations de la morale chrétienne.

Avec la paix et la sécurité, on vit renaître, dans le pays, la culture, l'aisance et le bien-être. Pendant un siècle et demi, il y eut une période de repos relatif pour notre frontière. Plus de guerre civile, car la royauté a réduit les seigneurs à l'impuissance, elle en a fait des courtisans ou des valets de cour. Plus d'invasions, car si la France continue à faire la guerre, elle la fait sur le sol étranger. Une ceinture de villes fortifiées protège les frontières ; des tours et des redoutes élevées le long des principaux cours d'eau en défendent le passage avec le concours des habitants. Ainsi protégés, les gens des campagnes reprennent confiance et réalisent des travaux que la paix permet seule d'entreprendre. C'est au commencement de cette

période que les habitants de Tournes mettent la dernière main
à leur église en construisant les voûtes qui attendaient depuis
cent cinquante ans. Un autre bienfait que nous devons à la paix
est la tenue des registres de catholicité. A partir de l'année
1659, le curé de Tournes consigne par écrit les baptêmes, mariages et décès qui ont lieu dans la paroisse. Cette sage mesure
permet d'établir la filiation des familles depuis deux siècles et
demi.

Le duché de Rethel fut vendu, en 1663, à Armand de la Porte
de la Meilleraye qui avait épousé Hortense Mancini, nièce du
ministre Mazarin. La même année, le roi autorisa le nouveau
propriétaire à substituer le nom de Mazarin à celui de Rethel :
« Voulons et nous plaict que ledict duché de Rethelois porte
« désormais le nom de Mazarini au lieu de celuy de Rethelois et
« de mesme que la ville de Rethel qui est la capitale dudict duché
« soit seulement appelée Mazarini. » On vit dès lors, dans les
actes publics, le nom de Mazarin remplaçant celui de Rethel.
Le peuple s'y habitua difficilement, et la ville reprit, après un
moment d'enthousiasme, son ancien nom. Seuls les fervents
continuèrent à dire : Rethel-Mazarin.

Le nouveau duc se montra fort zélé pour le bien moral et la
prospérité de ses sujets. Il fit publier dans les deux cent vingt-
six paroisses de son duché un règlement de police que toute
bonne administration aurait intérêt à appliquer même à notre
époque. Il se compose d'une suite d'instructions adressées aux
maires et aux syndics des communes pour leur marquer les
voies à suivre en vue du bien général. « C'est, dit-il, le manque
« de repression des mauvais penchants et la désobéissance à
« l'autorité légitime qui amènent des désordres. Appliquons impi-
« toyablement le remède au mal et une sévère punition aux
« incorrigibles ; rassurons les bons. » Ce document précieux
nous fait connaître les différents détails de l'administration de
l'époque et le régime libéral et paternel sous lequel ont vécu
nos pères. Il nous est particulièrement agréable d'en donner
les principales prescriptions.

Religion. — Le duc, comme tous les moralistes prévoyants,
fait de la religion la base d'un bon gouvernement. Il recom-
mande aux habitants de veiller à l'entretien des églises et des
cimetières, de faire en temps utile les menues réparations qui,
si elles étaient négligées, occasionneraient par la suite de
lourdes dépenses. On suivra, pour la sanctification du diman-

che, les prescriptions de l'Eglise ; les maîtres doivent laisser à leurs serviteurs le loisir nécessaire à l'assistance à la messe et à l'accomplissement de leurs devoirs religieux, car l'impiété attire les maux éternels.

Charité. — Une ordonnance royale de 1671, défend d'accorder des secours aux passants dont la vie est un vagabondage continuel, au préjudice des vrais pauvres de la localité. Le duc invite les paroisses à établir un bureau de charité pour assister les pauvres de l'endroit. Cette œuvre serait soutenue par les offrandes en argent ou en nature faites par les plus fortunés. Lui-même, comme le plus riche de la communauté, offre 18 livres par an à chaque bureau. Une association de charité composée de personnes dévouées prendrait soin des malades ; le duc s'engage à contribuer encore à cette œuvre. Nous constaterons plus loin que son receveur versait chaque année une cotisation de 3 livres à la confrérie de charité établie à Tournes. Il n'a pas oublié le médecin : « Pour attirer un médecin, je « l'exempterai des charges seigneuriales. Afin de l'encourager « à servir le public et les pauvres, je lui donnerai chaque « année des médicaments pour blessés et autres malades. » Grâce à ces avantages, toute commune de quelques centaines d'habitants avait un médecin à demeure. Nous aurons lieu de signaler ceux qui ont résidé à Tournes.

Instruction. — Le premier bien d'une communauté, dit le règlement, est de procurer à ses enfants une bonne instruction ; c'est aux paroissiens à assurer la subsistance du maître chargé de l'instruction. Pour prévenir la négligence des parents, le duc défend d'occuper aux travaux des champs ou à la garde des bestiaux ceux de leurs enfants qui n'ont pas 15 ans. On adressera un rôle des enfants âgés de 7 à 15 ans ; les parents devront payer la rétribution scolaire, quand même leurs enfants n'auraient pas fréquenté la classe. L'instruction obligatoire n'est pas, quoi qu'on dise, une invention de notre siècle. Pour instruire les pauvres gratuitement, le duc promet de donner 15 livres par an à chaque maître.

Fonctionnaires. — Pour être élu maire, il faut être père de famille, homme de commerce et avoir déjà occupé quelque charge de confiance. Il ne faut pas que ceux qui ont du talent ou du crédit refusent les charges onéreuses, dans la crainte que ces charges ne viennent aux mains de personnes faibles ou incapables, au détriment de la communauté. Les gardes messiers, choisis par les habitants pour veiller à la conservation des récoltes, doivent être suffisamment rétribués pour vaquer en tout temps aux occupations de leur charge. Ils sont obligés de dénoncer dans les vingt-quatre heures tous les délits commis, sous peine d'en être responsables.

Chaque semaine, les fonctionnaires doivent se réunir et dresser un rapport sur la manière dont sont exécutés les articles du règlement. Les officiers ont ordre de s'assurer que les prescriptions sont observées.

Police rurale. — Il convient, pour éviter les contestations et procès, que les propriétés soient bornées ; pour l'accomplissement de ce travail, le duc offre 200 livres à chaque communauté. Le bon état des chemins favorise l'agriculture et le commerce ; ils seront entretenues par les corvées que feront, trois fois par an, les habitants âgés de 18 à 60 ans. Si quelqu'un refuse d'accomplir le travail qui lui est assigné, on y pourvoira à ses frais.

Lorsque les récoltes arrivent à maturité, on désignera quatre bourgeois pour les garder jour et nuit et en écarter les malfaiteurs. Ils recevront, pour leur salaire, quatre sous par arpent de propriétés empouillées.

Les glaneurs ne peuvent, sous peine d'amende, entrer dans les champs qu'après l'enlèvement de la récolte.

La chasse et la pêche sont libres pour les propriétaires ; on doit cependant s'en abstenir les jours de dimanche et de fête, dans la crainte que ces exercices ne nuisent à l'accomplissement des devoirs religieux. On ne peut avoir des pigeons que si l'on possède 50 arpents de terre.

Police locale. — Les six derniers mariés prendront les armes, au besoin, pour faire exécuter les arrêts de justice et de police.

Les cabarets ne doivent pas rester ouverts pendant les offices, si ce n'est pour les passants ou les étrangers éloignés de deux lieues. Ils seront fermés, sous peine d'amende, à neuf heures en été et à huit heures en hiver.

Les boulangers afficheront, chaque mois, le prix du pain ; on veillera à ce que le pain soit bien conditionné de qualité et de poids.

Défense de jouer aux cartes et aux dés, parce que ces jeux occasionnent des pertes d'argent et des querelles. Les juges puniront d'amende ceux qui enfreindront cette défense.

Enfin le duc, pour épargner à ses sujets la longueur et les frais des actions judiciaires, établit dans chaque paroisse un bureau de conciliation composé de trois arbitres. Le vendredi de la semaine, le bureau se réunit, sous la présidence du curé; il termine par transaction ou sentence arbitrale les différends et contestations qui se sont produits entre les particuliers. C'était une mesure de haute sagesse, car, de tout temps, un mauvais accommodement a toujours mieux valu qu'un bon procès. Le duc rappelle, à ce sujet, qu'un procès pour 7 sous a produit 7.000 livres de frais, un autre pour 5 sous a duré trois ans et demi.

Si, pendant les dernières années du règne de Louis XIV, la guerre s'est éloignée de nos contrées, elle continue à imposer de lourdes charges à toute la nation. Ce sont des impôts nouveaux qu'il faut lever pour entretenir les armées qui font la guerre à l'étranger ; ils sont parfois si onéreux qu'ils poussent les populations à la révolte. C'est le passage des troupes qui se rendent aux frontières et qui renouvellent les pillages et les incendies que nous avons déjà signalés plusieurs fois dans le cours de notre récit.

En 1674, l'armée du maréchal de Créqui passe à Mézières pour aller faire le siège de Givet, qui appartenait toujours à l'Espagne. Quand la ville fut prise, cette armée fut envoyée à Metz et reprit la route qu'elle avait suivie à son passage. Nos villages eurent à subir tous les méfaits que la soldatesque semait sur sa route. Les habitants de Warc ont consigné dans un acte officiel que leur village fut alors pillé et incendié. *(Arch. des Ardennes. Prévôté de Mézières. B)*. Les mêmes faits se produisent en 1678, lorsque l'armée, conduite par le roi en personne, passe de la Lorraine dans la Flandre et que des troupes se rendent au siège de Charlemont.

Après chaque campagne militaire, les soldats étaient envoyés dans les villages pour se remettre des fatigues de la guerre. C'était une nouvelle charge pour nos populations. Les archives de Tournes font mention de huit soldats étrangers qui sont morts, en dix ans, pendant ces quartiers d'hiver. Plusieurs se sont mariés et sont restés au pays, où leur nom s'est conservé pendant quelques générations. Le séjour de ces étrangers exerça sur les mœurs une influence délétère. On signale, pendant leur séjour passager, la naissance de plusieurs enfants naturels. Or, ces infractions aux principes de la moralité s'étaient montrées jusqu'alors particulièrement rares. Pour toutes ces causes, nos pères avaient-ils lieu de se réjouir des victoires et des conquêtes de l'armée française, lorsqu'elles leur causaient un préjudice matériel et moral si considérable ? Ne pensaient-ils pas que la gloire du grand roi leur coûtait bien cher.

Ces charges extraordinaires n'affranchissaient pas les populations des malheurs communs de la vie. Il fallait compter avec les intempéries qui anéantissaient en quelques jours les fruits de leurs travaux et répandaient la désolation et la ruine sur toute une contrée. En 1694, il y eut des révoltes causées par la cherté des grains. La récolte de l'année précédente avait été mauvaise ; les pauvres mouraient de faim, n'ayant pour nourriture que des racines et des herbes. Pour empêcher les désordres qui pouvaient se produire, le roi fit publier une ordonnance qui prescrivait aux riches de pourvoir, selon leurs moyens, à la subsistance des pauvres. (*Chronique de J. Taté*).

Quinze ans plus tard, la même disette se fit sentir dans des conditions plus générales et plus calamiteuses. L'hiver de 1709 compte parmi les plus rigoureux dont l'histoire ait conservé le souvenir. « Un froid inouï, dit un historien moderne, glaça « l'Europe entière ; presque tous les arbres périrent ; les troncs « les plus robustes éclataient comme par la foudre, les pierres « se fendaient, les blés furent gelés dans le sillon, On trouvait « de pauvres familles mortes de froid tout entières dans leurs « chaumières ou dans leurs greniers. (*H. Martin*). » La gelée commença le 6 janvier à la suite d'une pluie abondante ; trois jours après, les rivières étaient couvertes de glace. A la fin du mois, on vit des symptômes de dégel et on s'en réjouissait ; mais le froid reprit avec sa première vigueur et dura jusqu'au 10 mars. Les récoltes en terre, n'étant pas protégées par la neige, furent anéanties complètement. A la place des blés qui avaient péri, les cultivateurs ensemencèrent des avoines et des orges qui furent une précieuse ressource dans la disette. «Il n'y eut moisson de froment ny de seigle en France, ny vendange et on n'a pas recueilli une paume de froment et de seigle, de sorte que tous les habitants furent réduits au pain d'orge et à l'eau en cette année de 1709. » (*J. Taté*). Il fallut que l'autorité royale prît de nouvelles mesures pour assurer la subsistance des indigents que la faim portait à la révolte et au pillage. Ce fut un moment critique pour la France qui avait à faire face aux troubles intérieurs et aux ennemis du dehors. L'armée française, qui manquait de tout au point que les soldats vendaient leurs armes pour avoir du pain, avait éprouvé des revers et était démoralisée. L'ennemi, s'il eut été audacieux, pouvait envahir la France et lui faire payer chèrement les victoires qu'elle avait remportées pendant vingt-cinq ans. Le fait suivant manifeste avec évidence l'état d'abandon dans lequel se trouvait le pays.

Au mois de juin de l'année 1712, Gronestein, major général de l'armée hollandaise, entra en France avec un corps de cavalerie de deux à trois mille hommes ; il traversa, sans être inquiété sérieusement, la Picardie et la Champagne et rapporta en Lorraine un nombreux butin. L'émotion populaire, dit *J. Taté*, fut très grande dans le pays pendant plusieurs jours, croyant que l'armée ennemie descendait en France. « Tous les « peuples étoient en allarme et se retirèrent avec leurs effets « dans les villes. » Ces craintes n'étaient point sans fondement. « Ces coureurs ennemis ravagèrent tous les villages par où ils « passèrent, emportèrent tout ce qu'ils purent d'argent, jus- « qu'aux vases sacrés des églises. Ils ne tuaient point, à moins « qu'on ne leur fît résistance. Ils ne firent aucun tort aux fruits « de la terre, mais ils commirent des impiétés dans quelques « églises. » (*Lacourt*). Aussi le nom de Gronestein est-il resté dans le souvenir de nos populations et il n'est pas moins exécré que celui d'Erlack.

L'armée française envoya cinq mille hommes à la poursuite des pillards, mais ils ne purent les joindre avant leur sortie de France. L'année suivante l'audacieux coureur voulut renouveler ses exploits dans nos Ardennes. Arrivé près de Mouzon, il fit demander à cette ville de lui payer une contribution pour se racheter du pillage. Les bourgeois lui ayant répondu que « cette contribution étoit au bout du fusil, » Gronestein n'insista pas et passa outre.

Les événements qui tenaient les populations dans de continuelles alarmes, ne leur laissaient aucun repos ; comme suite à cette vie de trouble, des épidémies décimèrent nos villages. Tournes perdit vingt-sept de ses habitants en 1696 et vingt-cinq l'année suivante, lorsque la moyenne des décès annuels ne dépassait pas quinze en temps ordinaire. Une famille eut quatre morts dans l'espace de six semaines.

Pendant ce temps, les intempéries continuent à troubler la paix des champs et à anéantir les récoltes qui sont en terre. La première moitié du xviiime siècle fut, sous ce rapport, particulièrement calamiteuse ; elle se signale par plusieurs années de disette. « En 1725, l'année a esté fort pluvieuse, ce qui a causé « petite moisson, car le bled étoit presque manqué en France ;

« la livre de pain s'est vendue à Paris jusques à huit sols. »
(*J. Taté*). Des émeutes éclatèrent dans plusieurs villes et, dit
Saint-Simon, le royaume était menacé de tourner en un vaste
hôpital de mourants et de désespérés. En 1740, les mêmes faits
se reproduisent avec plus d'intensité. L'hiver avait été très
rigoureux ; la neige et les gelées durèrent jusqu'au mois de
mai, de sorte que les moissons furent très tardives et donnèrent
des grains de mauvaise qualité qu'on ne pouvait pas moudre
tant ils étaient mous. « Il falloit les faire sécher au soleil et
« prendre bien de la peine pour faire du pain avec la farine.
« Dans ce pain la mie ne tenoit point à la croûte, on eut dit un
« pâté, et il ne calmoit pas la faim, parce qu'il ne tenoit point
« au corps. » (*J. Taté*). L'année suivante eut à subir les mêmes
contre-temps accompagnés de prodigieuses inondations. La
misère fut alors à son comble ; elle était si grande, dit le même
chroniqueur, que dans certains endroits le peuple fut contraint
d'abandonner le pays.

L'administration dut prendre de nouvelles mesures pour
empêcher les populations de mourir de faim. Il fut enjoint à
chaque communauté de nourrir ses pauvres, afin de régulariser
l'aumône et de prévenir le vagabondage. Défense fut faite
d'exporter les grains chez les nations voisines. Pour assurer
l'exécution de cette défense, on établit sur la frontière une
ligne de gardes chargés spécialement de surveiller la sortie des
grains. On fit un recensement exact des céréales qui se trouvaient chez les particuliers et on contraignit ceux-ci de livrer à
la vente ce qui n'était pas nécessaire pour leurs besoins de
l'année. Enfin on renouvela la défense de planter des vignes
dans les terres qui pouvaient porter des céréales ; on croyait
cette défense opportune parce que, depuis trente ans, on multi-
pliait les vignes et on restreignait d'autant la production des
autres récoltes.

La lutte pour la vie faisait recourir à tous les expédients
bons ou mauvais. Pendant ces années de misère, les habitants
de la frontière pratiquent la contrebande, malgré la justice
rigoureuse qu'on exerce contre les délinquants. Ceux qui étaient
pris en troupe armée, étaient pendus ou étranglés sans appel ;
ceux qui étaient saisis sans armes étaient marqués d'un fer
rouge et condamnés aux galères. Cependant ces peines si
sévères ne proscrivent pas les délits ; l'homme, pressé par la
faim, n'hésite pas à courir toutes les chances pour conserver sa
vie et celle des siens. Le sel était principalement l'objet de la

contrebande, en raison de l'irrégularité de son prix de vente ; la livre de sel que les habitants de Tournes payaient un sou et demi, se vendait vingt sous au village du Ham.

Malgré la misère contre laquelle le pays ne cessait de lutter, les impôts s'accroissaient chaque année. Il fallait entretenir les armées qui faisaient la guerre en Allemagne et en Hollande ; il fallait pourvoir aux prodigalités de la cour où la cupidité et la dissolution des mœurs ne connaissaient aucune limite. Toutes ces causes entretenaient, dans les différentes classes de la société, un malaise général qui devait aboutir à une crise finale. Cette crise fut la révolution.

Les causes de cet événement qui a changé toutes les institutions de la France, peuvent être appréciées diversement ; elles sont nombreuses, mais on peut les résumer en trois classes : les causes politiques, les causes économiques et les causes morales.

La nation, au milieu des périls et des fortunes diverses d'où devait sortir l'unité de la France, avait abdiqué son autorité entre les mains de la royauté qui lui assurait l'administration, l'ordre, la justice, le repos et la gloire qu'elle désirait. En échange de ces avantages, elle acceptait volontiers les directions arbitraires du pouvoir absolu, elle lui restait soumise malgré les charges qui en résultaient. Sous Richelieu et sous Louis XIV, elle n'eut pas à regretter le sacrifice qu'elle avait fait de ses droits, la royauté lui procurant les avantages qu'elle convoitait. Quand l'unité nationale fut accomplie et que ces biens manquèrent à la nation par le fait de ceux qui avaient mission de les lui assurer, le peuple se désaffectionna du pouvoir absolu et, conscient de la force qu'il trouvait dans le nombre, il résolut de revendiquer les droits qu'il avait aliénés et dont il regrettait la perte. Ces sentiments se manifestèrent sous les successeurs de Louis XIV et firent explosion à la fin du siècle.

Jusqu'à ces temps, le peuple supportait presque seul le poids des impôts et des charges de l'Etat. La noblesse, qui était astreinte au service militaire, était exemptée de l'impôt foncier. Comme elle devait s'armer, s'équiper et faire campagne à *ses frais*, c'était un sacrifice particulier qu'elle faisait à l'état, tout en payant l'impôt du sang. Avouons que ce système n'enrichissait pas la noblesse ; nous connaissons une de ces familles privilégiées où il fallait vendre une propriété pour équiper chacun de ses fils qui entrait dans l'armée. A la fin du xviiime siècle, beaucoup de nobles s'étaient ainsi ruinés, les autres étaient en général peu fortunés.

Le clergé était exempt de certains impôts, mais il avait à sa charge tous les frais du culte, de la charité publique et des petites écoles. Chaque année, il s'imposait pour verser à l'Etat, sous forme de don gratuit, une somme de plusieurs millions. Il payait tous les impôts directs comme les gens du peuple et logeait les gens de guerre.

Pour faire face aux dépenses exagérées dont nous avons parlé, il fallait créer de nouveaux impôts ou contracter des emprunts. On essaya les deux moyens, mais les charges devinrent bientôt si lourdes qu'on sentit la nécessité, pour éviter la ruine totale, de réformer le système d'impôts et d'en faire une plus équitable répartition.

La masse du peuple restait chrétienne, malgré le travail qui se faisait sur les intelligences pour soumettre toutes les vérités au contrôle de la raison humaine ; mais les classes dirigeantes, celles qui imprimaient la direction à l'opinion publique, étaient pénétrées des doctrines philosophiques qui régnaient parmi les intellectuels, on était revenu aux idées et aux pratiques du paganisme. Il était de bon ton de nier l'existence de Dieu et d'afficher des maximes irréligieuses. De l'intelligence, l'impiété descendit dans le cœur et répandit sur les mœurs une corruption qui s'étalait au grand jour. Sous Louis XV, le pouvoir royal absorbé par la débauche, ne se révélait aux hommes que par les opprobres et les impôts. Dès lors le peuple dont ces désordres choquaient les habitudes de morale et de probité, se détacha d'un pouvoir qui foulait aux pieds les traditions d'honneur et de religion dont la France s'était toujours montrée fière.

Ces sentiments qui semaient l'inquiétude dans les esprits, ne pouvaient échapper aux intelligences clairvoyantes ; ils furent exploités avec une particulière habileté par ceux qui rêvaient de renverser les anciennes institutions pour leur substituer les utopies écloses dans leurs cerveaux philosophiques. Ces hommes mirent au service des théories subversives les talents littéraires que chacun leur reconnaissait ; leurs écrits, imprimés clandestinement à l'étranger, furent répandus à profusion dans toutes les classes de la société.

Les uns, avec Voltaire, attaquaient la religion et l'Eglise parce qu'elles prêchent la morale et commandent l'obéissance aux pouvoirs établis. Ils vouaient au mépris pubilc le prêtre qui, vivant en contact avec le peuple, ne cesse d'enseigner la modération et le respect de l'autorité.

D'autres, avec J.-J. Rousseau, s'en prenaient à l'organisation de la société qu'ils trouvaient défectueuse ; ils la rendaient responsable de tous les maux causés par l'abandon de la morale et des devoirs sociaux. Leur dessein, après avoir détruit l'ancien état de choses, est d'appliquer au gouvernement les théories sociales qu'ils ont imaginées. Ils veulent faire de l'ensemble des citoyens une réunion de personnalités qui jouissent individuellement de tous les droits, mais qui, pour vivre en communauté, abdiquent leurs droits entre les mains de ceux qu'elles délèguent pour gouverner la société. Dès lors toute l'autorité, toute la puissance, tous les droits sont au pouvoir de l'Etat, qui, par sa bureaucratie, intimera ses volontés au corps social. L'individu jouera le rôle d'automate obéissant à l'impulsion qu'on lui imprime, et dont les volontés ne comptent pas. L'Etat, maître absolu de la fortune, de l'âme et du corps des sujets, pourra légitimement leur imposer par la force l'éducation, le culte, la foi, les opinions qui lui conviennent. De la dignité humaine que ce système foule aux pieds, on n'a aucun souci, comme si l'homme n'existait que pour être asservi.

D'autres encore, avec les économistes, proclamaient que l'homme est son souverain, que les peuples ne doivent obéir qu'aux lois qu'ils se sont eux-mêmes données. La loi naturelle, la loi divine, sont des législations superflues dont il convient de ne pas se préoccuper. La nation peut adopter l'organisation qui lui plaît, sans avoir égard à ses mœurs, à ses habitudes, à la loi de Dieu ; elle peut, avec la même facilité, changer les conditions de son existence et se créer une constitution nouvelle. Cette perspective de changement, dont les institutions étaient sans cesse menacées, ne pouvait que nuire aux intérêts qui reposent sur la stabilité et les assurances de l'avenir. La nation française nous en fournit une concluante expérience. Après avoir répudié le régime sous lequel elle avait vécu pendant près de huit siècles, elle s'en créa un nouveau qu'elle a changé quinze fois en moins de cent ans. En voyant ces transformations successives imposées à la vie nationale depuis la révolution, M. Renan en condamne sévèrement les auteurs. « La révolution, « dit-il, est une expérience manquée. En ne conservant qu'une « inégalité, celle de la fortune ; en ne laissant debout qu'un géant, « l'Etat et des milliers de nains ; en créant un centre puissant,

« Paris, au milieu d'un désert intellectuel, la province ; en
« transformant tous les services sociaux en administrations, la
« révolution a créé une nation dont l'avenir est peu assuré, une
« nation où la richesse seule a du prix. » (*Questions contemporaines*).

Pendant que le roi et son conseil cherchaient les moyens
d'apporter remède aux maux dont souffrait la société, les idées
nouvelles se répandaient dans toutes les classes. « Après avoir
« gagné l'aristocratie, les gens de lois, les écoles, la jeunesse,
« ces idées s'étaient insinuées goutte à goutte dans la classe
« qui vit de son travail. » (*Taine, Révolution*).

La France était mûre pour la révolution ; les classes supé-
rieures en hâtèrent l'éclosion, en refusant de seconder la royauté
dans les mesures qu'elle projetait pour accorder quelque adoucissement aux charges qui pesaient sur le peuple. En présence
de ces refus qui faisaient dire au roi : « Il n'y a donc que mon
ministre et moi qui aimons le peuple. » Louis XVI résolut d'en
appeler à la nation ; il convoqua les états généraux. On donnait
ce nom à l'assemblée des représentants de la nation que le roi
appelait auprès de lui, dans les circonstances critiques, pour les
consulter et choisir avec leur concours les moyens les plus
efficaces de remédier aux embarras présents. C'était une con-
sultation nationale où chacun pouvait signaler les abus qu'il
trouvait dans l'administration et les réformes qu'il jugeait
opportunes.

Le 24 janvier 1789 le roi manifesta sa volonté à la nation et
invita les différents ordres qui composaient le corps social à mettre
par écrit leurs vœux et aspirations et à choisir ceux d'entre
eux qui devraient porter ces doléances à l'assemblée des états.
Les lettres royales déterminaient le mode d'élection des députés.
Chaque bailliage ou circonscription judiciaire en nommait un
nombre proportionnel à sa population. Le bailliage de Vitry,
auquel nous appartenions alors, eut à élire huit députés : deux
de l'ordre de la noblesse, deux de l'ordre du clergé, quatre de
l'ordre du tiers-état. Au jour indiqué les membres de la noblesse
et du clergé, convoqués au chef-lieu du bailliage érédigeaient
séparément leurs cahiers de doléances et procédaient à l'élection
de leurs députés respectifs, chargés de porter ces vœux à l'assemblée générale et d'en faire valoir le contenu. Pour le tiers-
état l'élection se faisati à deux degrés. Dans toute commune,
ville, bourg ou village, les habitants, âgés de vingt-cinq ans,
compris au rôle des impositions, devaient s'assembler au lieu

habituel de leurs réunions pour rédiger en commun le cahier de leurs plaintes et doléances et nommer des députés pour les porter à l'assemblée du bailliage de Vitry. Là tous les cahiers apportés des six cent cinquante communautés furent résumés et fondus en un seul qui forma le cahier du tiers-état. Les représentants des communes élirent ensuite les quatre députés qui devaient le porter à l'assemblée de Versailles et défendre les intérêts du tiers-état. Voici, pour ce qui nous concerne, le résultat définitif de ces diverses élections.

Députés de la noblesse : de Balidart, de Failly.

Députés du clergé : Dumont, curé de Villers-devant-le-Thour, Brouillet, curé d'Avize.

Députés du tiers-état : Le Sure, lieutenant particulier à Sainte-Menehould ; Dubois-Crancé, seigneur de Balhan ; Barbié, lieutenant général à Vitry ; Poulain, de Boutancourt, maître de forges.

L'étude des cahiers de doléances formulées par les communes aideraient singulièrement à révéler l'esprit qui animait alors les populations. Bien qu'ils aient été rédigés pour la plupart par des hommes de loi qui y ont inséré les doctrines dont ils étaient imbus et dont le peuple se désintéressait, ils reflètent sur certaines questions les vrais désirs des populations. Nous n'avons pu, à notre grand regret, trouver celui des habitants de Tournes. Ceux qui ont étudié les cahiers de toute la France, nous disent qu'on y trouve l'indication de toutes les réformes désirables pour l'amélioration de toutes les classes de la société. Il existait, en principe, un accord complet entre les désirs de l'autorité royale et ceux de la nation ; il eût suffi, semble-t-il, de travailler ensemble à les réaliser dans le calme et la concorde. Il semble, au contraire, qu'on ait eu à cœur de de tenir ancun compte des volontés exprimées dans les cahiers.

La nation demandait la conservation de la monarchie nationale, de la religion de ses ancêtres, de ses anciennes libertés. Ces trois demandes sont inscrites dans tous les cahiers ; on les lui refusa pour lui imposer la révolution qui ne figurait dans aucun. Alors la révolution, commencée contre la volonté du peuple qui ne demandait que des réformes, se poursuivit sans son concours. Un an après l'ouverture des états généraux, les antiques libertés dont nos pères se montraient si jaloux, avaient disparu de nos institutions communales et provinciales. L'année suivante la religion catholique était proscrite ; le schisme religieux qu'on essaya de lui substituer ne tarda pas à être banni par une loi qui défendait l'exercice d'aucun culte. Enfin la royauté fut abolie et le dernier roi porta sa tête sur l'échafaud. Ce fut l'œuvre de quelques années et de quelques meneurs imbus des doctrines philosophiques dont nous avons parlé.

Sur les douze cents députés qui composaient l'Assemblée nationale, les partisans de la révolution étaient dix au début; plus tard, leur nombre monta à trente. Ils étaient audacieux et beaux parleurs, ils réussirent à imposer leurs vues à la masse qu'ils dominaient par leurs sophismes. On vit alors le spectacle extraordinaire d'une minorité infime imposant ses volontés à une majorité incontestée. On vit les députés trahir le mandat qu'ils avaient reçu de leurs électeurs, sacrifier les intérêts que le peuple leur avait confiés et lancer la France dans l'inconnu d'une révolution. Ce crime de lèse-nation était alors une nouveauté. Que de fois ne s'est-il pas renouvelé depuis cette époque? Que de fois le peuple qu'on dit souverain, n'a-t-il pas subi, par la trahison de ses mandataires, des lois oppressives qu'il n'avait pas réclamées?

L'ouverture des Etats généraux fut faite par le roi en personne, le 4 mai 1789. Les meneurs qui se souciaient fort peu des réformes qu'ils avaient mission de provoquer, ne tardèrent pas à imprimer à l'assemblée une direction conforme au plan de révolution qu'ils s'étaient tracé. Les pusillanimes et les irrésolus qui formaient la majorité, devinrent leurs complices et furent entre leurs mains des dangereux instruments de destruction.

Le 20 juin, les députés des états manifestent clairement leurs desseins audacieux et leurs volontés indépendantes. Ils proclament l'inviolabilité de leurs personnes, s'érigent en assemblée constituante et s'engagent par serment à donner au royaume une nouvelle constitution et à régénérer l'ordre public. Mandataires de la nation, ils se placent au-dessus du pouvoir royal dont ils se proposent de régler l'exercice. On voit, dans cet acte, l'application du grand principe révolutionnaire qui attribue à la nation le pouvoir souverain et ne laisse à ceux qui exercent l'autorité que le titre de délégués du peuple souverain. Le gouvernement sera ou la monarchie constitutionnelle ou la république ou la dictature, selon les caprices du moment; tout esprit sérieux confessera que ces craintes perpétuelles de changements n'ont rien de rassurant pour les intérêts qui demandent des garanties durables.

Dans la séance du 4 août, la révolution franchit une nouvelle étape en s'attaquant à la propriété, en vertu de cet axiome révolutionnaire que l'Etat est le maître de la fortune des sujets. L'Assemblée abolit tous les privilèges, les droits féodaux, les dîmes de toutes natures. Ces droits et redevances étaient comme une rente perpétuelle que les propriétaires originels percevaient pour la cession gratuite de leurs fonds. En leur enlevant la rente sans restituer le fonds, on les dépouillait pour gratifier le détenteur en l'exonérant d'une charge qu'il avait acceptée en recevant le bien-fonds. Cent vingt-trois millions de rente passèrent ainsi, par un cadeau du législateur, de la main des créanciers dans celle des débiteurs. La suppression gratuite des dîmes déchargea encore les mêmes débiteurs. d'une somme égale à celle des rentes foncières.

Ces mesures flattaient le peuple et enrichissaient quelques particuliers, au préjudice des seigneurs qu'elles ruinaient; cependant, elles ne remplissaient pas les caisses de l'Etat. Or, l'un des motifs qui avaient provoqué la convocation des Etats généraux était de rechercher les voies et moyens d'acquitter les dettes de la nation. Ces dettes montaient à cinquante-quatre millions. Pour combler ce déficit, l'Assemblée ne fit pas de laborieuses recherches; elle mit la main sur les biens des églises et déclara qu'ils seraient vendus au profit de l'Etat. La cupidité chez les uns, la haine de la religion chez les autres, leur suggérèrent cet expédient peu recommandable de liquider les embarras de la situation. Mais le bien mal acquis n'est jamais un bénéfice; l'Etat en fit une décisive expérience. Il vendit pour quatre cent millions de biens du clergé et ne paya pas les dettes du royaume. L'église de Tournes perdit alors toutes les propriétés qu'elle avait acquises pendant les cinq siècles de son existence qui nous sont connus. Ses trente fauchées de pré et ses trente-cinq jours de terre, vendus en deux fois, produisirent une somme de cinquante mille francs. Nous donnerons plus tard les noms des acquéreurs. Ce patrimoine de l'église était une chose sacrée par l'affectation que lui avaient donnée ceux qui avaient contribué à le constituer. Chaque année, l'église de Tournes devait célébrer cent quatre-vingts services religieux dotés par de généreux bienfaiteurs; le revenu des biens assurait l'acquit de ces services. En s'emparant des biens, l'Etat a laissé l'église dans l'impossibilité de tenir les engagements qu'elle avait contractés, il a privé les donateurs du bénéfice qu'ils espéraient de leurs libéralités.

L'histoire juge sévèrement cette mainmise sur les biens du clergé. « L'Etat n'est pas l'héritier des corps ecclésiastiques. Leur « patrimoine n'a été formé, accru, conservé qu'en vue d'un « objet. Les milliers d'âmes généreuses, repentantes ou « dévouées qui l'ont donné, avaient toutes une intention précise. « C'est une œuvre d'éducation, de bienfaisance, de religion et « non une autre œuvre qu'elles voulaient. Il n'est pas permis « de frustrer leur volonté légitime. Les morts ont des droits « dans la société comme les vivants et nous ne recevons leur « héritage qu'à la condition d'exécuter leur testament... Les « revenus ecclésiastiques en sont la dotation expresse et spé- « ciale. Ils ne sont pas un tas d'or abandonné sur la grande « route et que le fisc puisse s'attribuer ou attribuer aux rive- « rains. Sur ce tas d'or sont des titres authentiques qui, en « en constatant sa provenance, fixent sa destination ; le devoir « est de veiller pour qu'il soit remis à son adresse... L'État « abuse étrangement de son mandat lorsqu'il met la succession « dans sa poche pour combler le déficit de ses propres caisses, « pour la risquer dans de mauvaises spéculations, pour l'en- « gloutir dans sa propre banqueroute. *(Taine. la Révolution)*.

L'attentat de la nation contre la propriété privée devait avoir des conséquences imprévues en fournissant des armes au communisme. « La spoliation du clergé de France, dit l'historien « Gibbon, a ébranlé la propriété dans ses fondements et menacé « les sociétés d'une dissolution générale. » Les partisans des théories communistes s'appuyeront sur les mêmes principes et s'autoriseront de cet exemple pour porter une main spoliatrice sur les richesses des particuliers. Il n'y a plus de société possible lorsque la richesse acquise est à la merci d'une loi, lorsque le travail est menacé d'être dépouillé du fruit de ses labeurs.

Dans ce temps on eut soin, comme de nos jours, de faire dresser à l'avance un inventaire exact des propriétés dont on voulait s'emparer. Le 26 février 1790, la municipalité de Tournes rédigea, pour le transmettre à l'administration, l'état des biens-fonds appartenant à l'église de la paroisse. Ces propriétés furent vendues le 11 octobre 1791 et le 27 juillet 1792. Les objets mobiliers furent inventoriés le 18 octobre 1790 et le 8 novembre 1792 ; l'argenterie fut portée aux dépôts du district, à Charleville, le 19 novembre 1792. Le reste du mobilier fut envoyé au même lieu le 4 frimaire, an II ; les objets en fer furent transformés en piques pour armer les défenseurs de la patrie ; le cuivre des chandeliers et le bronze des deux cloches furent fondus pour couler des canons ou pour frapper la monnaie de billon qui eut cours pendant trois quarts de siècle. On brûla les ornements en étoffe pour en extraire le métal contenu dans les galons.

Toutes ces mesures ne purent être prises sans provoquer de l'agitation dans le pays. La crainte s'empara des esprits les moins prévenus, les travaux furent interrompus, le commerce cessa ; la misère devint générale ; elle fut d'autant plus grande que les récoltes de l'année 1789 avaient été réduites par l'inclémence d'un rigoureux hiver. Les subsistances manquèrent en beaucoup d'endroits et. pour s'en procurer, il fallait que les convois d'approvisionnement fussent protégés par une force armée, Sans cette précaution draconienne, ils auraient été pillés en cours de route.

La charité accomplit des merveilles pour venir en aide à ceux que la misère atteignait, mais elle ne produisit pas les effets qu'on était en droit d'attendre. Les mauvaises doctrines avaient fait leur chemin : on avait dit au peuple que la richesse est une usurpation, comme on lui dit de nos jours : la propriété c'est le vol. Le peuple le crut et cette croyance éveilla sa jalousie et sa cupidité. Dans toutes les provinces, il y eut des désordres occasionnés par la famine et la circulation des grains ; les pillages, les incendies, les meurtres se commettaient sans que la justice tentât d'en punir les auteurs. Pour veiller au maintien de l'ordre et à la protection des propriétés, les communes organisèrent une milice locale qui prit le nom de garde nationale et comprenait tous les citoyens âgés de moins de soixante ans. Des patrouilles armées circulaient jour et nuit pour garder les récoltes et se garantir contre les attentats des malveillants. La garde nationale de Tournes comptait soixante et onze membres de seize à soixante ans ; elle fournissait chaque nuit cinq hommes outre le garde champêtre pour garder les moissons. En 1792, elle avait pour commandant Louis François d'Argy, pour capitaine Jacques Jacquemart, pour lieutenants Maurice Martin et Jean-Baptiste Prioux, pour porte-étendard Guillaume Dardenne, (*Arch. communales de Tournes*).

L'état de malaise. qui pesait sur la France, aigrissait les esprits et fermait les bourses en faisant disparaître toute confiance dans l'avenir. On avait laissé croire au peuple que la liberté pompeusement proclamée abolirait les impôts ou que ceux-ci seraient payés par les gens de bonne volonté. Personne ne payait l'impôt et l'état manquait d'argent pour assurer les services publics ; l'argenterie des églises qu'on transformait en monnaie, ne pouvait suffire aux besoins qui se manifestaient de toutes parts. Il fallut, pour amener l'argent dans les caisses publiques, avoir recours aux dons patriotiques, aux assignats et à l'emprunt forcé.

Dans leur candeur naïve, les représentants étaient persuadés qu'en faisant sonner bien haut les noms de patriotisme et de solidarité nationale, les Français n'hésiteraient pas à se dépouiller pour libérer la situation financière du pays. Cette persuasion les détermina à solliciter des dons patriotiques. Des comités furent établis dans chaque commune pour recueillir ces dons. Il y eut, en cette circonstance, un admirable élan d'enthousiasme, appuyé de promesses généreuses ; mais ce beau zèle s'éteignit lorsqu'il fallut sortir de sa bourse l'argent promis. Beaucoup d'ailleurs manquaient de ressources ou le peu qu'ils avaient était absorbé par les besoins journaliers que la cherté des vivres rendait plus onéreux. On songea alors à demander à chaque particulier d'abandonner à l'Etat le quart de son revenu annuel et de livrer le dixième de son argenterie. En général, ces quotités étaient difficiles à déterminer ; il n'y eut que les fonctionnaires qui se résignèrent à acquitter ces contributions soi-disant spontanées, la connaissance du montant de leur revenu ne leur permettant pas de s'y soustraire. Plus tard, on invita les communes à équiper à leur frais un garde national ou un cavalier, à fournir un canon ou des armes, à adopter un vieillard ou un orphelin, etc.

Les minces ressources que ces expédients amenèrent dans les caisses de l'Etat n'offraient qu'un remède dérisoire aux besoins présents. Pour parer à la détresse à laquelle le trésor était réduit, on réalisa la mesure dont nous avons parlé : la vente des biens du clergé. On proposa aux communes de les acheter ; mais beaucoup étaient incapables de le faire ; d'ailleurs cette cession aurait peu profité à l'Etat. On les offrit alors aux particuliers en leur permettant de solder leurs acquisitions en plusieurs années. Comme le besoin d'argent était pressant, on créa un papier monnaie qui avait comme garantie ou hypothèque ces biens mis en vente. Telle fut l'origine des assignats dont nos aïeux avaient conservé un si amer souvenir. Les biens d'église étaient estimés quatre cents millions, on fabriqua pour quatre cents millions d'assignats. Ce fut une nouvelle déception. La masse des biens mis en vente amena leur dépréciation et les personnes honnêtes refusaient d'acheter des biens acquis par la confiscation. La vente ne réalisa pas les espérances qu'on avait conçues et bientôt la valeur du gage se trouva inférieure à celle de la chose gagée. Cependant la planche des assignats une fois créée, on ne put résister au désir de lui faire produire la monnaie de circulation que les voies honorables ne pouvaient procurer. On en émettait de nouveaux selon les besoins du moment ; en quatre années, on en mit en circulation pour environ cinquante milliards. Leur valeur nominale était plus de dix fois supérieure à celle du gage donné comme garantie. Dès lors, les assignats tombèrent dans le discrédit et perdirent toute leur valeur ; l'ouvrier refusait de les accepter comme salaire de son travail, le commerçant resserrait ses marchandises pour ne pas les livrer en échange d'un papier sans valeur, le fonctionnaire abandonnait sa place, parce que les trente ou quarante mille francs d'assignats qu'il touchait en appointements, ne lui procuraient pas les choses les plus indispensables à l'existence. Au début de la Révolution, la livre de pain valait trois ou quatre sous ; en 1794, on la payait deux cents francs en assignats. La Convention nationale fit des lois draconiennes pour imposer son papier monnaie et lui conserver sa valeur nominale ; rien ne put arrêter le discrédit dont il était frappé. L'administration du département des Ardennes fit rechercher, en 1796, la valeur des assignats pendant les années de leur circulation. Le tableau qu'elle a dressé de cette enquête est particulièrement suggestif. Il constate que l'assignat de cent francs en 1791 valait quatre-vingts francs en 1792, cinquante francs en 1793, trente-deux francs en 1794, cinq sous à la fin de l'année 1795. Ce fut un désastre national favorisant l'immoralité. Pour les particuliers, c'était l'abolition de toutes dettes, puisqu'on pouvait les acquitter avec des signes qui valaient quatre ou cinq cents fois moins. Ce fut pour beaucoup la ruine totale ; en place de l'argent qu'ils avaient engagé, ils ne recevaient qu'un papier sans crédit. Pour la société, ce fut l'encouragement au vol, ce fut l'impunité pour les agioteurs et les bandes noires qui acquéraient les biens nationaux et les soldaient en assignats que l'Etat acceptait pour leur valeur nominale. Les audacieux et les gens sans scrupules ont ainsi réalisé des fortunes colossales. On cite partout le fait de ce fermier qui, avec une couple de bœufs dont le prix lui fut payé en assignats, put acquérir un bien national qui valait cent mille francs.

Après avoir ainsi **gaspillé** la fortune publique, l'Etat se trouvait acculé à la banqueroute, il s'y lança. En 1796, il réduit de vingt-neuf trentièmes les sommes qu'il doit à ses créanciers ; l'année suivante, ce dernier trentième est encore réduit de **deux tiers**, en sorte qu'il ne reste plus qu'un pour cent de dette reconnue.

Le papier monnaie ne suffisait pas toujours ; il fallait, en certaines circonstances, être pourvu d'argent monnayé. Quand la Révolution en manquait, elle frappait les riches d'un emprunt *forcé* payable en numéraire. Le mot *emprunt* était un euphémisme, car ceux qui livraient leur argent étaient assurés de ne jamais le revoir. Voici un échantillon des billets que les personnes aisées recevaient en ces occasions :

« 24 Nivôse, An IV.

EMPRUNT FORCÉ. — AVERTISSEMENT

« La citoyenne veuve Loiseau est averti qu'il est porté **au**
« rôle de l'emprunt forcé pour une somme de huit cent livres,
« en *numéraire métallique*, qu'il est invité de venir payer entre
« les mains du Percepteur soussigné, dans les délais fixés par
« les Lois, savoir : un tiers dans la dernière décade du présent
« mois de Nivôse et les deux tiers dans le courant du mois de
« Pluviôse suivant.

« Le Prêteur est prévenu qu'il pourra fournir des matières
« d'or et d'argent ou des grains, le tout apprécié au cours de
« 1790... il pourra aussi fournir des assignats à raison de cent
« pour un, c'est-à-dire de cent francs pour vingt sous, mais les
« assignats ne seront reçus, aux termes de la Loi du 19 Frimaire,
« que jusqu'au 30 du présent mois de Nivôse inclusivement.

« JOSEPH. *percepteur. (Document personnel).* »

La Convention usa largement de ce mode de se ravitailler, quand l'argent lui manquait. En 1793,, elle émit deux emprunts forcés d'un milliard chacun. Elle les renouvelle en 1795 et leur donne un caractère méthodique en les faisant porter sur un quart des habitants. Faut-il soudoyer quelques troupes de fédérés, on frappe sur les riches qu'on traite d'égoïstes, on les dépouille pour couvrir de leur rançon des héros de parade qui ne verront jamais l'ennemi en face.

Dans le même temps, la Révolution confisquait et vendait, à son profit, les biens des émigrés. Il y eut de ce chef, une quantité prodigieuse de propriétés mises à l'encan et livrées à la convoitise des bandes noires qui achetaient ces biens en bloc et les revendaient en détail. Nous avons compulsé une partie de ces ventes révolutionnaires ; leur étude ne laisse planer aucun doute sur l'esprit de la Révolution et sur le but qu'elle poursuivait. Elle voulait procurer la révision des fortunes, elle atteignit ses fins. Au lieu de protéger les intérêts légitimes du droit et de la propriété, elle les sacrifia au méprisable dessein de satisfaire ceux qui paraissaient les plus nombreux. Ils sont légion ceux qui se disputaient les dépouilles de la confiscation et s'enrichissaient des produits du vol. Ceux qui avaient conservé quelques sentiments d'élémentaire probité s'abstenaient ou blâmaient ces actes ; il y a cent ans, des habitants de Tournes citaient avec mépris un de leurs concitoyens qui avait acquis des biens nationaux pour une somme supérieure à cent mille francs. C'est ainsi que la fortune est passée des mains des riches à celles des pauvres qui sont devenus les bourgeois du xixme siècle. Aujourd'hui, les classes déshéritées s'appuient sur les principes invoqués en 1793 pour demander une nouvelle révision des fortunes, c'est le présage d'une spoliation prochaine que les bourgeois s'obstinent à trouver mauvaise.

Jusqu'à la Révolution la France était divisée en provinces qui jouissaient de certains privilèges et dont les noms historiques rappelaient des souvenirs chers aux populations. Le 15 décembre 1789, l'Assemblée nationale abolit cette antique organisation et lui substitua la division en départements dont les noms furent tirés des cours d'eau ou des accidents du sol. La province de Champagne fournit quatre départements complets et donna des enclaves à trois autres. Les départements furent partagés en districts, les distrits en cantons et les cantons en communes. L'organisation nouvelle, avec les annexes qu'elle comporte, était ingénieuse et calculée. Elle faisait l'unité de la France et la préparait pour la centralisation et la tyrannie. C'est le rêve des révolutionnaires de tenir dans leurs mains tous les ressorts qui mettent en mouvement la machine administrative dans tout le pays. Ils peuvent, par ce moyen, étouffer toutes les volontés contraires et imposer leurs vues à l'ensemble de la nation.

Par la loi du 14 décembre 1789, l'assemblée nationale supprima toutes les municipalités existantes, « sous quelque titre et qualité que ce fût, » pour les remplacer par une organisation uniforme dans chaque commune de la France. Au lieu du maire et des échevins qui constituaient jusqu'alors l'administration communale, elle établit un corps municipal composé d'un maire, de deux officiers municipaux et d'un procureur syndic pour défendre les intérêts et gérer les affaires de la commune. Pour délibérer, le corps municipal doit s'adjoindre un nombre de notables double des membres du premier corps ; leur réunion compose le conseil général de commune. Ce conseil tient la place de l'assemblée plénière des habitants qu'il était d'usage de convoquer pour discuter les intérêts communs. Le seul privilège qu'on laisse aux habitants, c'est de choisir eux-mêmes, par voie d'élection, ceux qui doivent faire partie de leur administration communale. A cette élection prennent part tous les citoyens *actifs* de la commune, c'est-à-dire tous les Français âgés de vingt-cinq ans, domiciliés dans la localité et payant au moins 3 francs d'impositions diverses.

Le canton se compose de plusieurs communes ; il a une administration particulière qui veille à l'exécution des lois et aux intérêts généraux de sa circonscription. L'administration cantonale comprend un mandataire de chaque commune ; elle se réunit toutes les semaines au chef-lieu du canton.

Le district, qui prit plus tard le nom d'arrondissement, est la réunion de plusieurs cantons. Il a, pour l'administrer, un conseil composé de membres élus au nombre de douze ; sa mission est de traiter, à certains jours, les affaires qui intéressent des communes qui se trouvent dans ses limites. Le pouvoir central est représenté, dans le district, par un directoire comprenant quatre membres électifs qui siègent en permanence et remplissent les fonctions dévolues plus tard aux sous-préfets.

Les intérêts du département sont confiés à un conseil général composé de trente-six membres également élus. Un directoire qui comprend huit membres, représente le pouvoir central avec lequel il correspond directement ; il remplit les fonctions qui furent dans la suite attribuées aux préfets.

Dans la nouvelle organisation, la commune de Tournes fut comprise dans le canton de Renwez et dans le district de Charleville. La première administration communale, établie suivant les formes que nous venons d'indiquer, se compose de J.-B. Jacquemart comme maire, J.-B. Saingery et M. Chéret comme officiers municipaux, N. Jacquemart comme procureur syndic ; elle devait se renouveler chaque année.

Par application du principe de la souveraineté nationale qu'elle avait proclamé à ses débuts, l'assemblée nationale voulait que toutes les fonctions administratives, judiciaires ou militaires fussent soumises à l'élection ; le peuple étant l'unique souverain devait seul choisir ceux à qui il déléguait son autorité. On le verra élire des juges, des chefs militaires. L'Eglise ne trouva pas grâce devant ce principe révolutionnaire ; on voulut soumettre son organisation aux caprices des lois humaines, on tenta d'user de l'élection pour le choix de ses ministres.

Après avoir enlevé au clergé son indépendance matérielle, en le dépouillant des biens qu'il possédait légitimement, on s'efforça de lui ôter son indépendance spirituelle et morale ; on espérait réaliser, par ces mesures, le rêve des philosophes qui aspiraient à l'abolition de tout culte religieux. Faire de la religion une institution administrative, placée sous la dépendance de l'autorité civile, gouvernée par l'élection populaire et soustraite à la direction de la papauté, tel fut le dessein poursuivi par les auteurs de la constitution civile du clergé. Le projet qu'ils présentèrent à l'assemblée fut adopté sans changements importants. Il assimilait la division de la France ecclésiastique à la division de la France civile ; il y aurait un évéché par département, des paroisses sont supprimées ou modifiées dans leur circonscription. Les évêques et les curés seront élus par les mêmes corps électoraux qui nomment aux emplois civils, c'est-à-dire par des laïques qui peuvent être protestants, juifs ou impies manifestes.

C'était la destruction de l'Eglise catholique. ainsi que le fit remarquer alors M. de Boisgelin, archevêque d'Aix. « Ce n'est, « dit-il, ni aux magistrats, ni aux rois, ni aux administrateurs « que Jésus-Christ a confié le pouvoir d'enseigner et de gouverner l'Eglise, c'est aux évéques qu'il a remis ce soin. Nulle « puissance humaine ne peut changer ce que le divin fondateur « a sagement établi. Les évêques ne peuvent être destitués que « par ceux qui les ont créés. »

L'historien Taine trouve exagéré le zèle de ces réformateurs révolutionnaires. « C'est maintenant, dit-il, le peuple qui choisit « ses ministres : l'évêque est nommé par les électeurs du département, le curé par les électeurs du district, et, par une « aggravation extraordinaire, les électeurs ne sont pas tenus

« d'appartenir à sa communion. Peu importe que l'assemblée
« électorale contienne des calvinistes, des luthériens et des
« juifs ou que sa majorité soit notoirement hostile au catholi-
« cisme et même au christianisme. Elle choisira l'évêque et le
« curé ; le Saint-Esprit est en elle et dans les tribunaux civils
« qui, en dépit de toute résistance, peuvent installer ces élus. »
« (*La Révolution*).

L'épiscopat français fut presque unanime dans sa résistance
à la constitution civile du culte schismatique. Sur 135 évêques
quatre seulement y donnèrent leur adhésion. Le reste du clergé
suivit l'exemple de l'épiscopat : les trois quarts des curés refusèrent d'accepter la nouvelle organisation, ils préférèrent à
l'apostasie l'indigence et la persécution. Ce refus honorable les
priva de leur emploi, il fallut pourvoir à leur remplacement.
On les désigna sous le nom de réfractaires ou insermentés.
« Nous avons leur argent, disait Mirabeau, mais ils ont conservé leur honneur. » Les prêtres qui consentirent à se soumettre au nouveau régime, furent appelés jureurs, assermentés ou
intrus. Comme ils n'étaient ni les plus zélés, ni les plus réguliers,
ni les plus instruits, ils ne tardèrent pas à perdre l'estime de
leurs propres ouailles.

L'autorité civile choisit la ville de Sedan pour siège de l'évêché
des Ardennes. Le 21 novembre 1790, les électeurs du département furent convoqués dans l'église de Mézières pour faire
choix d'un évêque. L'élection fut laborieuse ; au troisième tour
de scrutin, les suffrages furent en majorité favorables à Nicolas
Philbert, curé de Sedan, qui eut la faiblesse d'accepter la charge
qu'on lui offrait. Nous lisons dans le procès-verbal de l'élection : «... M. Nicolas Philbert, curé de Sedan, ayant été nommé
« par un troisième tour de scrutin, à la pluralité des suffrages
« et s'étant rendu à l'invitation qui lui en avait été faite par
« M. le président au nom et suivant le désir du corps électoral,
« lui présent et placé sur la tribune de droite du président,
« celui-ci a présenté mon dit sieur Philbert au peuple, a pro-
« noncé un discours qui a été généralement applaudi, après
« lequel il a proclamé mon dit sieur Philbert évêque du dépar-
« tement des Ardennes. » (*Arch. des Ardennes, L.*)

La défection de N. Philbert eut des conséquences regrettables
dans nos Ardennes ; beaucoup de prêtres suivirent son exemple
et prêtèrent le serment demandé par la constitution civile.

Charles-Louis Dupré qui était curé de Tournes, resta en

fonction jusqu'à son décès, c'est-à-dire jusqu'au mois de décembre 1791, ce qui laisse croire qu'il s'était mis en règle avec l'autorité civile. Théodore Regnier, son successeur, fit aussi le serment schismatique ; il assista à la spoliatien de l'église et se retira ensuite à Charleville. D'ailleurs, l'exercice de tout culte religieux fut interdit dans les derniers jours de l'année 1793. La loi n'autorisait que le culte de la raison. L'église de Tournes, déjà dépouillée de son mobilier, fut fermée jusqu'en 1802 ; elle ne s'ouvrait que pour la célébration des fêtes civiques ou pour les réunions décadaires. On convoquait le peuple à ces assemblées pour entendre la lecture des lois et le récit des faits notables que rapportaient les feuilles publiques. Les comités révolutionnaires qui existaient dans toutes les communes, entretenaient ainsi l'esprit du jour et tentaient de ramener les tièdes et les désabusés.

Pendant ces années, les populations restèrent en général privées des secours de la religion. Plus de messes, plus d'instruction chrétienne, plus de mariages religieux, plus de sépultures avec l'assistance du prêtre, plus de baptêmes. Quand il survenait un décès, la famille était réduite à réciter à la maison les prières pour les défunts et à conduire au cimetière, sans aucune pompe extérieure, la dépouille mortelle de son parent. Parfois un prêtre, trompant la surveillance de la police, venait durant la nuit célébrer les saints mystères et administrer les sacrements dans un local que les affidés étaient seuls à connaître. Il ne la faisait jamais sans danger pour sa liberté et même pour sa vie.

Il ne resta, dans le canton de Renwez, que quatre curés ; mais comme ils avaient prêté le serment constitutionnel, les populations éprouvaient de la répugnance pour recourir à leur ministère. L'un d'entre eux, Jean Oudin, curé de Renwez, ne tarda pas à être conduit dans les prisons du Mont-Dieu pour avoir contrevenu aux lois de la Révolution : il avait baptisé secrètement un nouveau-né. Cependant, quelques prêtres qui avaient repoussé le serment schismatique, parcouraient la contrée sous des déguisements variés et procuraient les secours de la religion à ceux qui les réclamaient. On cite comme s'étant particulièrement signalé dans l'exercice de ce périlleux ministère, un jeune prêtre né à Belval. Jean-Baptiste Lechat, ordonné prêtre en 1792, remplit dans l'arrondissement de Mézières les fonctions de missionnaire, à travers tous les périls, avec un sangfroid et une audace que rien ne déconcertait. Déjouant les recherches de la police par des ruses habiles et d'ingénieux stratagèmes ; il allait célébrer les saints mystères dans des retraites cachées, administrait les malades, baptisait les enfants et bénissait les mariages. C'était ordinairement à la faveur de la nuit qu'il accomplissait ses pieuses pérégrinations ; dans le jour, il se mêlait aux artisans pour se renseigner adroitement sur ce qu'il lui importait de savoir. A Charleville et à Haudrecy, il était armurier ; à Mézières, ils exerçait la profession de menuisier ou de jardinier ; parfois, il prenait l'attirail d'un colporteur ou d'un savetier et allait ainsi de village en village pour s'informer des besoins spirituels des affidés. Il lui arriva d'endosser le costume de gendarme, afin de mieux dérouter la police qui le recherchait. Pendant plusieurs années, il fut l'infatigable ministre de Providence auprès des chrétiens qui refusaient l'assistance des prêtres assermentés.

La paroisse de Tournes avait recueilli deux anciens religieux qui s'étaient retirés dans leur famille après la suppression des ordres monastiques : Jean-Louis Dardenne et Guillaume Jacquemart. Le premier était bénédictin ; la paralysie dont il souffrait ne lui permit pas de remplir un ministère utile, il avait d'ailleurs fait tous les serments. G. Jacquemart avait été sous-prieur de l'abbaye de Septfontaines et curé de This, il était sexagénaire et, en raison de son âge, il n'était pas soumis à la déportation bien qu'il n'eut pas prêté le serment constitutionnel. Malgré les dangers qu'il courait en remplissant les fonctions du culte catholique, il rendait volontiers les services religieux qu'on lui demandait. Dans la maison de sa famille, il y avait un réduit où il célébrait la messe pendant la nuit et administrait les sacrements en cachette. Nous ne croyons pas qu'il ait jamais été troublé dans l'exercice de sa charitable mission, c'est pour nous un témoignage de la parfaite discrétion et de la reconnaissance de ceux qui avaient recours à son ministère.

L'interruption officielle du culte catholique n'avait servi qu'à manifester l'attachement des populations aux pratiques religieuses. Lorsqu'il se produisit une détente dans leur proscription et que les prêtres purent reprendre leurs fonctions sous certaines garanties imposées par la loi, ce fut une joie unanime dans le peuple. Nous en trouvons l'expression dans un rapport adressé à l'administration centrale par le commissaire du pouvoir exécutif du canton de Renwez. Il écrit le 26 janvier 1796 : « Les opinions religieuses sont respectées, les ministres du

« culte catholique ont repris leurs fonctions presque dans
« toutes les communes ; je remarque avec peine que ces minis-
« tres qui affectent plus de dévotion que jamais sont plus
« écoutés que les organes de la loi, ils ne disent jamais un mot
« en faveur de la chose publique, lisent et relisent la production
« de Nicolas Philbert, qui désigne les ci-devant prêtres qui ont
« abdiqué comme des apostats ; rien de si dangereux auprès
« des fanatiques qui, ne voyant rien de parfait que leurs curés,
« peuvent troubler l'ordre public. » *(Arch. des Ardennes.*
« *L. 203).* Le trop zélé commissaire voulait sans doute justifier
la conduite de son frère qui avait renié sa prêtrise et s'était
marié.

Le même commissaire nous renseigne sur la situation matérielle et économique du canton. « La mauvaise répartition de
« l'emprunt forcé jette le désespoir dans l'âme des malheureux
« qui sont taxés au delà de toute proportion. Les subsistances
« sont rares dans le canton. Voilà deux années où l'on n'a
« point fait de récolte, les laboureurs eux-mêmes achètent le
« blé. Le commerce va mal en raison de la rareté du numéraire.
« Le recouvrement des contributions se fait avec une lenteur
« alarmante, l'argent est rare, le prix des denrées et bestiaux
« est modique. Il faut employer la force publique pour
« contraindre au payement des impôts des deux années écou-
« lées. » *(Id. Id.)*

Plusieurs causes avaient occasionné ce malaise général. Nous
ne pouvons indiquer que les principales ; nous plaçons en
première ligne les réquisitions. En vertu du principe révolutionnaire qui proclame la souveraineté de l'Etat sur les personnes et sur les choses, un décret du 23 août 1793 avait mis tout
à la disposition des agents du gouvernement : approvisionnements, marchandises, chevaux, voitures, hommes, femmes,
vieillards, tout était sujet à réquisition. La commune de Tournes
comptait alors 350 habitants ou environ 80 ménages ; dans
l'espace de dix-huit mois, elle eut à fournir 2.150 quintaux de
foin. 350 quintaux de paille, 200 quintaux d'avoine, 36 porcs,
10 voitures à quatre chevaux pour les convois militaires. On
mit en réquisition toutes les laines, les chiffons, le chanvre, le
suif, le plomb, etc. Les livres de l'église furent employés à
confectionner des cartouches pour les fusils ou des gargousses
pour les canons. Chaque habitant devait fournir une quantité
déterminée de cendres pour l'extraction du salpêtre ; il était

enjoint de brûler à cette intention les bois, les buissons et les herbes. Ceux qui ne s'y prêtaient pas de bonne grâce y étaient contraints révolutionnairement par l'agent préposé au salpêtre. Pendant que les jeunes gens étaient enrôlés de gré ou de force dans les armées de la République, les hommes mariés se constituaient en garde nationale où la Révolution prit plusieurs fois les éléments nécessaires pour reformer ses armées. Les gens de métier étaient requis de travailler de leur profession au profit de l'État ; tout cordonnier devait fournir chaque décade deux paires de chaussures, de même les tailleurs, les tisseurs, les armuriers, etc.

Après quelques mois de ce régime, le travail de la terre fut délaissé, les cultivateurs n'avaient plus ni chevaux ni bras pour les labours, la plupart des champs restaient en friche. La disette ne tarda pas à se faire sentir. A l'automne de l'année 1794, il ne restait dans la commune que 450 quartels d'avoine, 12 quartels d'orge et 200 quartels de pommes de terre. Le conseil qui doit pourvoir à la subsistance de quatre vingts indigents, fait défense de rien vendre au dehors, il propose de vendre la ferme des pauvres afin de se procurer les moyens de subvenir aux besoins les plus urgents.

Malgré la pénurie, les villages sont contraints d'approvisionner le marché de Charleville en grains, en beurre et en œufs ; en échange de ces produits on reçoit des assignats qui perdent de leur valeur chaque jour. Le prix des marchandises atteint des taux exagérés par suite de la baisse du papier-monnaie tombé dans le discrédit. Dans le dessein d'apporter un remède à ce mal redoutable, on publia la loi du *maximum*, c'est-à-dire qu'on fixa arbitrairement le prix des marchandises et qu'on interdit de les vendre au-dessus de cette taxe officielle. Le remède fut pire que le mal, c'était une confiscation déguisée. Dès lors les détenteurs de produits les tinrent cachés ou refusèrent de les vendre à des prix qui ne les couvraient plus de leurs peines ou de leurs travaux. Cette loi malheureuse arrêta subitement tout commerce, en mettant des entraves à ses conditions les plus élémentaires. Sous le simple soupçon de recéler des marchandises, les citoyens étaient soumis à des vexations de toute nature : visites domiciliaires, recensements incessants, confiscations accompagnées de pillages et d'arrestations. Il en fut ainsi pendant toute l'année où la loi du maximum fut appliquée au seul profit des dénonciateurs qu'elle protégeait et récompensait. *(Arch. communales de Tournes)*.

Ainsi, dépopulation, misère agricole, réquisitions, emprunts forcés, maximum, avilissement des assignats, confiscations, ruine du commerce, emprisonnements : voilà les premiers bienfaits de la Révolution.

Pour marquer un gouvernement qui se proposait d'arracher toute idée religieuse du cœur des populations, il fallait faire disparaître de la vie publique tout ce qui rappelait les souvenirs d'un culte pratiqué pendant dix-huit siècles. On arracha les croix placées sur la voix publique ou au sommet des édifices, on abolit l'ancien calendrier dont chaque jour rappelait quelque événement religieux ou quelque bienheureux proposé à la vénération. Le calendrier républicain fut établi selon l'esprit nouveau. L'année commence le 22 septembre, anniversaire de la proclamation de la république ; elle est divisée en douze mois égaux qui portent des noms empruntés aux travaux des champs ou aux saisons. Le mois se compose de trois décades de dix jours ; les jours empruntent leurs noms au règne végétal ou au règne animal. Le dernier jour de chaque décade prend la place du dimanche comme jour du repos, la loi ordonne de le chômer. Cette innovation qui bouleversait tous les usages, ne fut jamais acceptée par le peuple ; les bœufs eux-mêmes, dit Chateaubriand, protestaient contre le travail qu'on leur imposait le septième jour. L'agent cantonal de Renwez, rendant compte de l'observation du calendrier républicain, ne dissimule pas le mépris qu'on en fait généralement : « S'il s'exécute relativement aux foires et marchés et aux « écoles, on travailleroit si on ne craignoit pas d'être puni. On « remarque les répugnances à observer les décadis, dans « l'acharnement que l'on met à se parer les jours des prêtres « (dimanches) et à mettre ses guenilles les décadis. » *Arch. des Ardennes, L. 126*).

Une dame anglaise qui séjourna en France à cette époque troublée, nous a transmis ses impressions sur les faits dont elle fut témoin : « Je ne puis m'empêcher, dit-elle, de déplorer « l'esprit qui vient de s'emparer des Français. Ils semblent « avides de détruire tout vestige de civilisation, de peur que « les gens ne se souviennent qu'ils n'ont pas toujours été des « barbares... Par une fatalité qui les a poursuivis depuis le « commencement de la Révolution, chaque classe a successive-« ment facilité le sacrifice des autres ; la noblesse, le clergé, le « marchand, le fermier se voient entraînés dans une ruine

« commune. Ce qui règne n'est pas l'égalité d'abondance, mais
« l'égalité de misère et d'oppression. On n'a pas remédié aux
« différences sociales, mais toute la surface de la nation est
« nivelée comme par un ouragan. Les riches sont devenus
« pauvres, les pauvres le sont toujours, et les uns comme les
« autres sont conduits impartialement à l'échafaud. »

La France n'avait pas tardé à comprendre qu'elle marchait
vers la ruine ; elle voulut secouer le joug de fer qui pesait sur
elle. Ceux qui détenaient le pouvoir qu'ils avaient conquis par
leurs menées audacieuses, s'opposèrent à ce réveil de liberté et
forgèrent des lois tyranniques qu'ils imposèrent par la force.
Ce fut le règne de la Terreur dont Robespierre était l'un des
principaux agents. Alors fut promulguée la loi des suspects
qui vouait à la prison et souvent à la guillotine ceux qui,
par leur conduite, leurs relations ou leurs propos, témoignaient
peu d'enthousiasme pour la république. Le fait d'avoir fait
partie de la noblesse ou du clergé, d'avoir un parent émigré,
de ne pas accepter de bonne grâce les réquisitions de toute
nature, rangeait parmi les suspects ceux qui étaient accusés de
ce prétendu crime. Les municipalités doivent leur refuser des
certificats de civisme, et ce refus les signalait aux rigueurs de
la police. Toute commune a un Comité de surveillance dont la
mission consiste à épier les citoyens et à dénoncer à l'administration ceux qui sont soupçonnés d'incivisme ; chaque décade,
l'agent du Comité doit rendre compte au Conseil central de la
façon dont les lois s'exécutent dans la commune, il doit dénoncer sans pitié ceux qui montrent de la tiédeur pour les lois
révolutionnaires.

Ce pouvoir discrétionnaire, confié à des hommes passionnés,
fit éclore toutes les rancunes qui sommeillaient dans ces âmes
de paysans. Les injustices, les dénonciations calomnieuses dont
ils se rendirent coupables furent si répétées et si notoires
qu'après la suppression des comités, on ordonna de détruire
leurs archives pour soustraire à la postérité les preuves maté-
rielles de leurs prévarications.

Bientôt les prisons ordinaires furent insuffisantes pour ren-
fermer tous ceux qui étaient arrêtés comme suspects : près de
quatre cent mille Français subirent cette peine. Il fallut trans-
former en prisons les églises et les couvents. Dans nos Ardennes, l'église Saint-Pierre de Mézières et la Chartreuse du Mont-
Dieu reçurent cette triste destination. Quand nous avons essayé

de faire l'histoire de la maison du Mont-Dieu pendant qu'elle servait de lieu de détention, nous avons constaté qu'elle reçut au moins sept cents détenus en quelques mois. Ils venaient de toutes les parties du département et les motifs qu'on donne de leur arrestation étaient généralement futiles ou mensongers. On ne saura jamais l'étendue des misères et la somme des avanies que les prisonniers ont supportées pendant leur détention au Mont-Dieu où ils étaient contraints de s'entretenir à leurs frais et d'acquitter toutes les dépenses de leur garde.

Pour juger cette prodigieuse quantité de détenus, il fallait une justice expéditive ; on créa, pour cette fin, des tribunaux révolutionnaires. Cinquante de ces tribunaux fonctionnaient jour et nuit ; ils commirent des atrocités sans nom sur tous les points du territoire. « Les tribunaux, dit Laurentie, n'existaient « que pour l'extermination des citoyens ; la vertu était le crime, « l'innocence était le titre de la condamnation. La fortune, « l'indigence, le sexe, l'âge, la condition, tout se nivelait sous « la loi de la guillotine. Sur les listes des condamnés vous « voyez des nobles et des ouvriers, des prêtres et des philoso- « phes, des femmes, des vieillards, des enfants, des étrangers ; « tous s'en vont pêle-mêle à l'échafaud ; leur crime commun « c'est d'être suspects. Là où la guillotine est lente, le canon « fait son office, les fleuves ouvrent leurs ondes. »

Par ces procédés tyranniques, la Terreur put imposer sa domination pendant quelque temps, mais ses violences devaient fatalement provoquer sa chute. Lorsque les sociétés humaines sont arrivées à ce point de désorganisation, elles invoquent un César, car elles préfèrent le despotisme à l'anarchie, elles sacrifient leur liberté à celui qui ramènera l'ordre, la justice et la tranquillité. La France rencontra ce libérateur en Napoléon Bonaparte.

Bonaparte, que son génie militaire venait de signaler à l'attention de ses concitoyens, fut appelé au pouvoir par ceux qui voyaient la France vouée à une ruine prochaine, si un bras puissant ne se levait pour la soutenir. Il comprit sans peine que le pays, fatigué des déclamations révolutionnaires, avait besoin, avant tout, d'ordre et de sécurité ; il entreprit de les lui donner. Sa puissante initiative et son grand ascendant le servirent merveilleusement dans cette tâche de réorganisation. Avant de tenter aucune réforme, il désirait connaître la situation réelle des diverses provinces après les dix années de révolution que la France venait de traverser. Les commissaires qu'il chargea de faire des enquêtes dans les différents départements, lui remirent des rapports navrants sur l'état dans lequel ils avaient trouvé le pays. Les routes, disent-ils, sont en si mauvais état que les communications sont devenues impossibles. Le commerce est anéanti, les manufactures ont été ruinées par les réquisitions, par le maximum, par le discrédit des assignats, par l'arrêt de la consommation intérieure et extérieure. La répartition des impôts soulève des réclamations générales, leur perception est presque toujours impossible. La justice est rendue par des magistrats incapables ou passionnés. Dans les hôpitaux, les malades sont sans linge, sans couvertures, sans médicaments. L'instruction publique est généralement négligée ou détournée de son but ; il n'y a pas la dixième partie de la population qui sache lire.

Ces rapports, dressés sur place, révélaient l'étendue des ruines accumulées par la Révolution. Esprit actif et organisateur, Bonaparte s'appliqua sans trêve à la refonte de l'administration intérieure, de la justice et des finances.

Les administrations centrales des départements qui, sous le régime précédent, étaient des foyers d'anarchie, furent remplacées par des préfets, mandataires du pouvoir central et chargés de gérer les affaires du département. Les Conseils de district firent place aux sous-préfets qui secondent les préfets dans ce qui concerne un arrondissement. Au lieu du Conseil cantonal, composé d'un délégué des communes de son ressort, on établit dans chacune de celles-ci un Conseil municipal choisi parmi les habitants de la commune et présidé par un maire et un adjoint.

La réorganisation de la justice suivit de près celle de l'administration. On créa un tribunal de première instance par arrondissement et des tribunaux d'appel dans les villes qui avaient joui autrefois d'une Cour de parlement. Un tribunal de cassation eut pour mission spéciale de veiller à la rigoureuse application des lois. Les magistrats chargés de rendre la justice cessèrent d'être choisis à l'élection, ils furent nommés par le pouvoir central et soustraits à toutes les influences locales.

Les finances attirèrent particulièrement l'attention, car c'est leur bonne gestion qui assure la prospérité et le fonctionnement régulier de la chose publique. Les impôts étaient répartis d'une façon arbitraire parce qu'on manquait de bases pour les fixer ; ils rentraient avec peine, soit par l'incapacité des collecteurs, qui en avaient pris la perception au rabais, soit par l'extrême misère des populations. L'assiette de l'impôt fut désormais fixée sur des règles précises ; les percepteurs devinrent fonctionnaires de l'Etat et travaillèrent sous sa dépendance exclusive. La création des receveurs particuliers dans les arrondissements et des receveurs généraux dans les chefs-lieux de département facilite la prompte concentration de toutes les ressources individuelles.

Cette nouvelle organisation des pouvoirs publics fut trouvée bonne, car, après un siècle de pratique, elle subsiste encore dans son ensemble. Elle a traversé victorieusement toutes nos crises politiques, en faisant de la France l'état le plus facilement administré de l'Europe. Le premier préfet des Ardennes fut le baron Frain, nommé le 4 mars 1800. Il choisit pour maire de Tournes Maurice Martin, et pour adjoint François Jacquemart. Celui-ci, ayant refusé de prêter serment à la constitution, fut remplacé par Jean-Louis Vallée, qui ne manifesta pas les mêmes scrupules.

Lorsqu'il eut rétabli l'ordre dans l'administration, Bonaparte songea à ramener la paix religieuse, en faisant cesser le schisme qui divisait l'Eglise de France depuis la Constitution civile du clergé. Il fit d'abord rapporter les lois draconniennes qui avaient été promulguées contre les prêtres et contre l'exercice du culte. « La paix religieuse est la plus urgente de toutes, disait-il ; celle-là conclue, nous n'avons plus rien à craindre. » Les négociations qu'il entama avec le Pape aboutirent au Concordat, qui fut publié le jour de Pâques 1802. La religion catholique était rétablie officiellement après dix années d'interruption ; les églises qui n'avaient pas été détruites ou aliénées étaient rendues à leur destination primitive. En compensation des biens qui avaient été ravis au clergé, l'Etat prenait à sa charge les frais du culte public et s'engageait à fournir à ses ministres une indemnité annuelle qui leur permit de remplir leurs fonctions avec indépendance et dignité. Cette convention conclue entre l'Etat et le Saint-Siège vient d'être mise à néant par nos modernes législateurs (1905). Ils ne se sont pas contentés de renier la dette contractée il y a un siècle, ils ont dépouillé les églises du patrimoine que lui avait légué la piété des chrétiens.

La nation fut reconnaissante à Bonaparte du zèle qu'il déploya pour restaurer l'ordre et rétablir la paix à l'intérieur ; elle lui témoigna sa gratitude en lui offrant le pouvoir absolu et en le proclamant empereur, sous le titre de Napoléon Ier. Nous n'hésitons pas à affirmer que cette restauration du pouvoir monarchique fut un sujet de joie pour la nation tout entière. Les plus farouches républicains, qui vingt fois avaient juré de mourir pour maintenir la république, s'empressèrent de se prosterner devant le nouveau gouvernement et de solliciter ses faveurs et ses emplois.

Cette organisation inaugurait une ère nouvelle pour la France ; elle lui communiqua la force et l'unité en mettant aux mains d'un pouvoir unique toutes les richesses, les influences et les énergies du royaume. La même impulsion, partie du centre, se communique à toutes les portions du corps social ; la vie administrative est uniforme sur tous les points du territoire ; les agglomérations communales puisent leurs principes de vie à la même source et se gouvernent par les mêmes préceptes. Leur importance a diminué au profit de l'ensemble, et, à part les faits locaux, leur histoire se confond désormais avec celle de la nation.

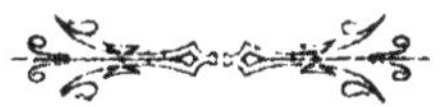

IMPRIMERIE OVIDE PRIN. — BALAN-SEDAN